LES ROUCASSERIES

TOME 2

JEAN ROUCAS

LES ROUCASSERIES

TOME 2

MICHEL LAFON

Merci à Martial Courtois,
Éric Sainclair
et Gilbert Étienne
pour leur précieuse collaboration

Vous savez que depuis quelques années, grâce à Lionel Jospin, on fait de l'éducation sexuelle de façon très sérieuse dans les lycées et les collèges. On fait même des travaux pratiques à la récré, vous voyez, sans demander l'avis des partenaires, et les enfants ont des bouquins tout aussi sérieux. Même que le soir, ils posent des questions embêtantes aux parents.

C'est un monsieur un peu précieux qui est très ennuyé parce que son fils vient le voir et lui demande :

— Papaaaa! Papaaaa, dis-moi, j'suis en train de bouquiner mon livre de sciences érotiques et il y a des mots que je ne comprends paaaas.

— Vas-y mon petit, euhhh, demande-moi, je t'en prie.

— Papa, c'est quoi, une verge ?

— Aaaaah! Eh bien disons que... Pffff... C'est le petit robinet et puis le service trois-pièces, là, que là... là.

— Ah bon ? Merci papa, je vais le noter. Ah! La maîtresse nous a aussi parlé de cli-to-ris. C'est quoi, ça ?

— Alors ça, mon petit, euhhh... Tu aurais dû me demander ça hier soir, je l'avais sur le bout de la langue.

☆

C'est une jeune fille de seize ans, très naïve, qui est allée se promener dans le bois avec un copain. Elle lui demande :
— Dis-moi, c'est vrai qu'on fait des enfants par les oreilles ?
— Ouais, tu vas voir. Enlève ta jupe et tu vas voir. Elle obéit, et crac !
A la fin, elle lui dit :
— Tu veux pas recommencer ? Parce que je n'ai rien entendu...

☆

C'est madame Grinder qui discute avec madame Saillard. Elle a l'air très inquiète, et elle lui dit :
— Oh, vous savez, c'est affreux. Depuis quelque temps j'avais des douleurs chhhh. J'suis allée voir le docteur et il m'a dit que j'avais un Christ aux ovaires.
— Ça tombe bien ! Moi, j'ai le diable au cul !

☆

Ça se passe dans une école religieuse, et c'est Madame Grinder la directrice. Et en plus, c'est elle qui fait la classe aux tout-petits et elle est très sévère :
— On va faire un peu de leçon de choses. Qui peut

me dire avec quoi on fait la compote ? Le p'tit Marcel, là-bas, qui rigole ?
— La compote, euhh, on peut faire la compote avec des pêches.
— Ouichhh, par exemple. C'est bien, mon p'tit Marcel. Mon p'tit Robert ?
— Euhh, on peut faire la compote avec des poires !
— Oui, tout ça c'est très bon, avec des pêchchchch, avec des poires. Oui, oui ? Qu'est-ce qu'il y a, là-bas, mon p'tit Michel ?
— Ben non, y zont tout faux, tout faux parce que ça se fait avec des limes.
— Avec des limes... Mais qu'est-ce que tu me racontes ?
Et le gosse répond :
— Eh bien l'autre jour, je passais dans la chambre de mes parents et maman disait à papa : « Arrête de limer, j'ai le cul en compote ! »

☆

C'est Maurice qui arrive à la mairie et qui dit :
— Bonjour, je viens déclarer la naissance de mon fils. Il est né hier soir...
— Oui, quel prénom ? lui demande le fonctionnaire d'état civil.
— David.
Il note « David » et Maurice demande :
— Combien je vous dois ?
— Mais monsieur, il n'y a rien à payer !
— Putaing de ma mère, c'est super ! A c'prix-là, j'vais pouvoir déclarer les trois autres aussi !

☆

C'est Clemenceau ; il avait son franc-parler, le « Tigre Vendéen » : il appelait un chat un chat, et il n'avait pas peur des mots. Quand il parlait du maréchal Lyautey qui, il faut le savoir, était homosexuel (ce sont des choses qui arrivent, chez les militaires), le Tigre disait justement à son propos :
— Ah ça ! C'est un militaire qui a des couilles au cul. Dommage que ce ne soient pas toujours les siennes !

☆

Ça se passe à la campagne. C'est Ginette qui va se marier, et comme elle n'a jamais connu d'homme, elle va faire un vrai mariage : en blanc. Et juste avant la nuit de noces sa mère lui dit :
— Écoute, ma chériechhh... Je n'ai rien à t'expliquerchhh... Il y a des choses dans la vie qu'il faut découvrir par soi-même, enfin... si je peux m'exprimer ainsi. Tu me raconteras demain matin comment ça s'est passéchhhh... Mais ne t'affole pas, dans l'ensemble, c'est très agréable. Ça mouille juste un petit peuchhh...
Le lendemain, Ginette descend dans la cuisine (parce qu'ils ont fait le repas de noces à la ferme et tout le monde a dormi là) et sa mère lui demande :
— Alors, ma chériechhhh ?
— Oh là là, c'est tout long ! J'savais pas que les hommes, ils étaient foutus comme ça... Comment ça s'appelle, les deux petites boules qu'ils ont là ?
Alors sa mère, qui est restée un peu poète et très campagnarde, lui répond :
— Oh, ça, ma chériechhh, ce sont les œufs de l'amour...

— Ben y'en a sûrement un qui a été cassé, parce que tout le blanc est parti !

☆

Ce matin, Ginette est très distraite. Elle doit penser à Jean-Loup. Et quand elle prend le métro, en face d'elle, un monsieur lui fait :
— Mademoiselle, excusez-moi, mais vous n'avez pas mis de culotte, ce matin !
— Oh là là, mais comment vous avez deviné ?
— C'est pas dur, vous n'avez pas mis de jupe non plus !

☆

C'est une dame très snob, la baronne Hélène du Fermoirdemonsac. Elle a engagé une petite bonniche et veut lui apprendre les bonnes manières. Mais la petite bonniche est une vraie Ginette. Par exemple, elle demande :
— Monsieur-Madame dîneront toujours à huit heures, aow ?
— Ma fille, quand vous parlez français, faites bien les liaisons. Dites : « Monsieur et Madame dîneront toujours-zà huit heures. »
— Ah bon, très bien.
Alors Ginette prend le veston du monsieur et dit :
— Est-ce que je dois nettoyer l'habit-tà monsieur ?

☆

Ça se passe au temps de la préhistoire, à l'âge de pierre, avec l'ancêtre de Ginette. Et l'ancêtre de

Ginette est encore plus primaire que la Ginette d'aujourd'hui. Un jour, elle sort de sa grotte, et comme à l'époque ils ne s'embarrassaient pas de chichis, elle cherche un mec pour répondre à une envie.
— Faut que j'trouve un mec, ouh bah, ouh bah, ouh bah!!!
Mais tous les mecs sont partis à la chasse au p'tit nosaure et Ginette n'en trouve pas un dans le village. Alors elle se dit :
— Ça fait rien, je vais aller exciter un dinosaure. Et puis, quand il sera bien excité, il ne fera pas la différence.
Et là, il y a un dinosaure qui broute tranquillement, elle se jette sur lui, se pend à ses boboles et lui fait :
— Vas-y! Vas-y!
Mais le dinosaure a peur et s'enfuit : Ginette se retrouve le cul par terre avec les boboles de la bébête à la main.
— C'est vraiment pas de chance! Tant pis.
Elle regarde dans les arbres et se dit :
— Y'a un gros singe qui passe là, je vais me jeter sur lui!
Ginette se jette sur le cul du singe, s'accroche aux poils et lui dit :
— Vas-y! Vas-y!
Mais le singe a peur, il n'a pas l'habitude et il fout le camp. Et Ginette retombe sur son derrière avec les poils du singe dans la main. Alors, finalement, elle se dit :
— Qu'est-ce que je peux faire pour me calmer, aow? Je vais aller au lac et je vais prendre un bain. Ça va me rafraîchir les idées...
Elle rentre dans le lac et il y a un gros poisson qui passe. Elle attrape le poisson et on ne sait pas la suite de l'histoire. Mais aujourd'hui, les savants savent pourquoi il n'y a plus de dinosaures. Ils savent aussi pourquoi les singes n'ont plus de poils

au cul. Par contre, ils n'ont jamais pu expliquer l'odeur des poissons.

☆

Ça se passe au Club Méditerranée, sur une plage. Comme chaque année, Maurice et venu passer ses vacances et, à force, il connaît tout le monde. A un moment, il voit sortir de l'eau un énorme Sénégalais. Comme c'est un mec très nature, il s'est baigné tout nu. Là, Maurice s'aperçoit qu'il a un tuyau d'arrosage très long, et il dit :
— Aïe aïe aïe, mon fils, j'ai jamais vu ça, dis!
Et le Sénégalais lui répond :
— Et alorrrs, mon vieux ? Si tu avais prrris un bain dans l'eau frrroide comme moi-même, la tienne aussi, elle rrracourcirait!

☆

Il y a un mariage à Sainte-Julie-du-Poitou, un vrai mariage de campagne. A la fin, tout le monde a beaucoup bu et le dessert arrive. C'est le moment où on dit :
— Eh, le p'tit! Y va nous réciter un poème, le p'tit! Allez Gaston!
Alors le petit se lève et commence :
— C'est l'hiver avec son manteau blanc. Les animaux sont transis dans la forêt...
« Bravo Gaston! » Tout le monde est content :
— Et le grand-père, y va bien nous en pousser une!?
Le papy commence :
— Rosalie, elle est partiiiie...
Et il faut l'assommer pour le faire taire parce qu'il n'arrête plus.

Madame Grinder est là aussi. Le marié lui fait :
— Eh, Tatie ! Elle va bien nous faire que'que chose, la Tatie !
— Oh non, je suis fatiguéechhh...
— Allez, Tatie, al-lez Tatie, allez !
— Je sais pas chanterchhh...
— Mais qu'est-ce que vous savez faire, Tatie ?
— Oh, quand j'étais jeune, je dansaischhh.
— Allez tatie ! Tatie ! Tatie !
Finalement elle se lève, et elle dit :
— Bonchhh, je vais essayer de vous faire un petit pas de danse.
Ils lui mettent *la Mort du Cygne* sur l'électrophone et madame Grinder fait un entrechat, un chassé-fouetté, un double axel et elle termine avec un grand écart. Tout le monde se met à l'applaudir une minute, deux minutes...
Au bout de cinq minutes, elle ne s'est toujours pas relevée et le mari lui dit :
— Ben, Tatie, pourquoi tu te relèves pas ?
— J'peux pas, ça fait ventouse.

☆

C'est Maurice qui fait du stop, mais le temps est pourri. Il se gèle. Un routier s'arrête et le fait monter, un routier pas très bavard. Derrière, dans la cabine, il y a une guenon dans un hamac. A un moment, le routier se retourne, fout une claque à décorner un bœuf à la pauvre guenon et lui dit :
— Allez Suzy, hop, une petite pipe !
La guenon saute sur le routier et, quand c'est fini, elle rejoint son hamac. Une demi-heure après, le routier se retourne, rebalance une claque à la guenon, et lui redit :
— Hey Suzy ! Une p'tite pipe !
La guenon revient et obéit. Maurice regarde ça

consterné. A un moment, le routier se retourne vers lui et lui demande :
— Et vous, ça vous intéresse ?
Maurice répond :
— Oui, mais alors... moins fort, la claque !

☆

C'est un instituteur très bien, patient et pédagogue. Un jour, en classe, il dit aux tout-petits qui s'en mettent plein les doigts :
— Écouteeez, les enfants, maintenant vous êtes grands et il serait temps que vous appreniez à faire correctement pipi. Alors ch'est très simple, on va décomposer le mouvement : Un, on ouvre la braguette. Deux, on sort la zigounette. Trois, on décalotte. Quatre, on fait pipi. Cinq, on recalotte. Six, on remet la zigounette à l'intérieur. Sept, on ferme la braguette. Bon, vous avez compris ? Alors maintenant, on va s'entraîner.
Il en voit un dans un coin qui s'agite et lui dit :
— Mais qu'est-ce que tu fais, toi ?
Le gosse n'arrête pas de dire :
— Trois, cinq. Trois, cinq. Trois, cinq...

☆

C'est madame Grinder qui va au tribunal. Elle est appelée à témoigner parce que ses voisins, Jean-Louis et Ginette, se sont battus. Le juge lui demande :
— Madame Berthe Grinder, veuve de guerre, vous êtes la voisine directe de l'accusé. Pouvez-vous nous dire ce que vous avez vu ?
— Oh ! Il l'a frappéechhh, Monsieur le Prési-

dentchhhh. Oh là là, si vous saviez! Il la giflait avec une brutalitéchhhh... inouïechhh!
— Oui, très bien, mais dites-nous exactement ce que vous avez vu ?
— Je n'ai rien vuchhh. J'ai entenduchhhh.
L'avocat intervient et dit :
— Ah oui mais alors là, madame, vous savez que pour la justice, entendu... entendu... ça ne compte pas.
Vexée, madame Grinder se retire de la barre et, en passant devant l'avocat, elle lâche un pet. L'avocat lui dit :
— Mais enfin, madame Grinder, vous n'avez pas honte de péter au tribunal ?
Et elle répond :
— Vous l'avez vuchhh ?

☆

Maurice va tous les soirs prendre l'apéritif dans le même café. Il y retrouve Jean-Loup, madame Grinder qui vient boire un Viandox, l'hiver, quand il fait froid. Ce soir-là, il y a Jean-Loup qui demande à Maurice :
— Ah dis donc, ta, ta, ta. Eh ta, là! Eh tu sais, ta, qui c'était Gutenberg ?
— Gutenberg, c'est quoi ? C'est un mec ? Qu'est-ce qu'il fait ? Il vend du cuir, des blousons, des trucs comme ça ?
— Mais non, Gutenberg, c'est le mec qu'a inventé l'imprimerie, hé pauv'con, hé. T'irais aux cours du soir comme moi, tu saurais... Oh l'aut' !
Maurice est quand même un peu vexé! Le lendemain, il revient, et cette fois-ci Jean-Loup lui demande :
— Eh ta, là... Tu sais qui c'était, toi, Lavoisier ?
— Lavoisier ? Qu'est-ce que c'est qu'il me raconte,

celui-là ? Roch Voisine je connais, mais Lavoisier, c'est quoi ?
— Lavoisier, c'était un chimiste français. Il a été guillotiné sous la Révolution, mon pote. T'irais aux cours du soir, tu saurais tout ça !
— Oh là là, qu'est-ce qu'il m'énerve avec ses cours du soir, celui-là !
Le lendemain, Maurice revient et c'est lui qui demande à Jean-Loup :
— Dis-moi, Jean-Loup, tu sais qui c'est, David ?
— Euh, David ? Non, j'sais pas qui c'est.
— David, c'est le mec qui couche avec ta femme pendant qu't'es aux cours du soir !

☆

C'est Ginette qui fait la classe aux petits en Seine-Saint-Denis. Mais c'est quand même dangereux et elle porte un gilet pare-balles. Elle dit à ses élèves :
— Bon alors maintenant, on va faire une phrase avec un subjonctif-oaw. Qui c'est qui a une idée de ce que c'est, un subjonctif ?
Le petit Maurice lève la main :
— Moi ! Moi ! Moi ! Madame ! Alors le subjonctif c'est « bien que »... « Bien que »... Attendez, je cherche un exemple... Bien que le nounou des filles est toujours mouillé, il rouille pas.
— Mais ça va pas, non-oaw ? Espèce de p'tit con ! Tu pourrais pas prendre un exemple plus poétique, quand même, oaw ?
Et là, l'inspecteur Jacquot arrive, le frère du docteur. Il dit à Ginette :
— Mademoiselle bonjour; je vous en prie, faites votre cours comme si je n'étais pas là. Alors, qu'est-ce que vous étudiez, aujourd'hui ?
— Aujourd'hui ? Aujourd'hui, je leur apprenais le... le subjonctif.

— Ah!... Alors on va voir s'ils savent. Tiens, mon p'tit, là.
C'est encore Maurice, manque de bol.
— Mon p'tit, tu peux me donner un exemple de subjonctif ?
Ginette fond et se dit : « Oh là là, à tous les coups il va encore me sortir une saloperie! »
Maurice réfléchit et commence :
— Bien que la Terre soit ronde...
Ginette est déjà toute rassurée que Maurice reprend :
— Bien que la Terre soit ronde, ça n'empêche pas les gens de baiser dans tous les coins.

☆

C'est deux petits Corses qui vont à l'école, et il y en a un qui dit à l'autre, un matin :
— Oh, t'y'as vu le panneau « Ralentir. École » ?
Et l'autre de lui répondre :
— Putaing, ils veulent tout de même pas qu'on y aille en courant!

☆

C'est un monsieur qui monte dans un avion de la Sabena, il s'assied et, là, il y a l'hôtesse qui dit :
— Veuillez attacher vos ceintuuurhes, une fois.
Le type se dit : « Oh, ben, c'est comme dans tous les avions... »
Mais l'hôtesse rajoute :
— Parce que...
— Parce que quoi ?
— Parce qu'on a oublié d'embarquer les repas.

☆

C'était pour un sondage. On a demandé à une femme belge :
— Quel est le contraceptif que vous préférez ? La pilule, ou le préservatif ?
— Oh, ben... la pilule ! C'est quand même plus facile à avaler !

☆

C'est un monsieur qui a un garçon de dix-sept ans et il est très inquiet parce que son fils rentre à la maison avec une boucle d'oreille. Il ne sait pas comment lui en parler parce que maintenant, les jeunes, il faut savoir les prendre... Alors il lui dit :
— Écoute, Dédé. Quand un garçon de dix-sept ans a une boucle d'oreille, soit c'est un pédé, soit c'est un pirate. Or je n'ai pas vu de bateau dans le jardin...

☆

Maurice a mal tourné : il est devenu contrebandier. Il va en Belgique et il passe des trucs. Un jour il se fait choper parce que, dans sa valise à double-fond, les gabelous ont trouvé des imitations de montres Cartier. Tout ça parce que ce con de Maurice a écrit Cartier avec un « K ».
Évidemment, le douanier belge trouve ça curieux et lui dit :
— Hep, par ici vous ! Alors là, une fois, votre compte est bon. Allez, hein, je vous emmène au poste.
Mais Maurice tente malgré tout de s'en sortir :

— Dites-moi : ça vous gêne, là, deux petites secondes ? J'vais m'acheter des cigarettes !
— J'suis pas plus con qu'un autre, hein ! C'est ça, vous allez vous acheter des cigarettes, et après vous n'revenez plus ! Non, non, ça marche pas ! Tenez, une fois, donnez-moi l'argent, je vais les acheter moi-même !

☆

C'est un monsieur qui roule dans sa petite bagnole et, paf !, la voilà qui tombe en panne. Mais comme il est bricoleur, il sort sa caisse à outils et commence à essayer de visser la roue de secours avec sa clef à molette. Un petit garçon passe et lui dit :
— T'as qu'une clef à molette ?
— Ben oui, j'ai qu'une clef à molette !
— Parce que mon papa, il a deux clefs à molette.
— Oui, bon, ben d'accord.
Le monsieur ronchonne et se remet à visser la roue. Il sort un tournevis et le petit garçon lui dit :
— T'as qu'un tournevis ?
— Ben j'ai qu'un tournevis. Qu'est-ce que je foutrais de deux tournevis ?
— Parce que mon papa, il a deux tournevis.
Le mec en a plein le dos. A un moment, il a envie de pisser. Il se lève, pisse et dit au môme en rigolant :
— Et ton papa, il en a deux ?
— Oui, il en a deux. Il en a une petite pour faire pipi, et une grosse pour courir après la bonne.

☆

C'est Ginette qui a toujours des problèmes. Elle est dans un sale état. Elle n'a rien, mais elle fait

partie de ces gens qui croient toujours qu'ils ont quelque chose. Donc, elle va emmerder le docteur Jacquot tout le temps. Et il n'en peut plus, le docteur Jacquot, il commence à la connaître par cœur.
— J'vous assure, docteur, ça va pas, aow. J'suis hyper speed-oaw... Oh là là, j'ai un problème, aooww, mais si vous voulez j'peux en parler à personne parce que je suis une psychothérapie en ce moment, aooww...
— Bon, écouteeeez, expliquez-vous. Mais vite !
— Alors, voilà, docteur... J'ai de l'eau dans les seins.
— Je vois. C'est psychologique.
— Non, c'est sérieux, je vous assure, aow. J'ai de l'eau dans les seins.
Bien que ça l'emmerde, il finit par lui dire :
— Bon, je vais vous examineeeer... Voyons voir. Non, franchement, j'ai beau palpeeer... Dites « crac-crac biscotte »... Non, écouteez mademoiselle, je n'ai pas de temps à perdre, il n'y a pas d'eau dans vos seins !
— Oh, pourtant j'en suis sûre, aoww...
— Mais qu'est-ce qui vous fait dire ça ?
— Aooow... Chaque fois que mon mec il me caresse les seins, j'ai la culotte toute mouillée.

☆

Ça se passe dans un relais routier. Y'a Momo qui rencontre Mimile et qui lui dit :
— Eh ben, Mimile, ça a pas l'air d'aller ?
— Bah ! Pfff ! Avec cette panne ! Putain de mobylette !
— Qu'est-ce qu'il t'est arrivé ?
— Ben figure-toi que j'étais avec mon trente tonnes, je transportais les vapo-cuiseurs de Julie

que je devais livrer à Europe... Pfff! Putain de mobylette! A un moment, j'te loupe un virage sur une départementale... Ah putain de mobylette! Et je m'embourbe dans une espèce de machin...
— Ouais, c'est embêtant.
— Putain de mobylette! Pfff! Et alors y'a un mec qui passe en mobylette et y m'fait : « Bonzour! Bonzour, bonzour, bonzour. (C'est Jean-Guytou.) Vous êtes embourbé ? Vous voulez que je vous tracte ? » Alors moi, j'lui dis... Pfff! Putain de mobylette! J'lui dis : « Dis-moi, mon p'tit père, tu t'imagines quand même pas que tu vas tracter un trente tonnes avec ta chiotte de mob! » Et y m'répond : « Mais si, mais si, mais si! J'ai mon tendeur. Vous voulez que je vous tracte ? » Alors j'lui dis : « J'ai pas de temps à perdre, moi! Téléphone plutôt à une dépanneuse! » Mais il y tenait et y m'dit : « Non, non j'vais vous tracter! » Alors je lui dis : « Écoute mon petit pote, si jamais tu peux tirer d'là mon trente tonnes avec ta putain de mobylette, alors là j'veux bien t'faire une pipe! »
— Et alors ?
— Ça a marché! Pfff! Putain de mobylette!

☆

C'est un Corse qui va voir son docteur et qui lui dit :
— En ce moment, je ne sais pas, mais alors, j'ai des insomnies terribles.
— Et vous vous réveillez souvent ?
— Oh putaing! Tous les deux-trois jours.

☆

LES NOUVELLES ROUCASSERIES

C'est l'histoire de trois mouches qui discutent. Ça se passe fin juin, juste avant le départ en vacances, et il y en a une qui dit :
— Salut, bzzzzz, comment vas-tu, bzzzzz ?
L'autre répond :
— Je pars bzzzz en vacances, bzzzz.
— Tu vas à l'étranger, bzzzzz ?
— Pas du tout, bzzzz, pas du tout, bzzzz. J'ai repéré une petite boucherie qui va rester ouverte tout l'été. J'te dis pas ! On va être nombreuses ! Alors j'vais là-bas. Ça s'trouve dans le dix-huitième, bzzzz. Et toi, où tu vas ?
— Ben moi, je vais en Normandie. J'ai repéré un pré avec de belles bouses de vaches.
Puis elle demande à la troisième :
— Et toi, où tu vas ?
La troisième est une mouche bleue. C'est la plus aventurière.
— Ben moi, je sais pas. J'ai le bourdon. J'ai besoin de me changer les idées. Je vais partir à l'étranger.
Et elles se donnent rendez-vous à la rentrée.
Comme promis, elles se retrouvent en septembre mais il en manque une, et la première dit à l'autre :
— Alors, comment ça va ? Et ta boucherie, c'était comment ?
— Oh ! C'était super ! Il y avait de ces quartiers de bœuf ! Ça puait ! T'aurais vu ! Un monde ! On s'est régalées ! Et toi, ta Normandie ?
— Oh là là, t'aurais vu ça ! Avec les copines, on a fait le bœuf dans les bouses. C'était super !
La troisième n'est toujours pas là. L'année passe et elles ne la revoient pas. Deux ans, trois ans, cinq ans après, elle n'est toujours pas revenue. Ses copines se disent qu'elle est peut-être morte quand, tout à coup, cette dernière revient.
— Ben alors, Monique ! Mais où qu't'étais, depuis cinq ans ?

— Bzzz, vous vous rappelez ? J' vous avais dit que je partais bzzzz à l'étranger... Eh bien il m'est arrivé un truc terrible : en passant au-dessus de Jérusalem, j'étais fatiguée, je suis tombée dans le porte-monnaie d'un mec.
— Et alors ?
— Et alors il ne l'a rouvert qu'hier !

☆

C'est Eugène Poulossièrrrre qui est à la pêche. Il prrend rrien, et il en a marrre. A côté de lui, il y a Maurice qui est en vacances et, putain, il attrape de tout ! Une vraie pêche miraculeuse : des carpes, des dorades, des truites, des soles, de tout ! Alors l'Eugène, complètement dégoûté, lui demande :
— Mais comment vous faites ? Parce que moi-même, j'ai essayé le ver de vase, le ver à soie, et même le ver à pied... J'ai tout essayé et j'prrends rrien. Qu'est-ce que vous mettez ?
— Ben moi, je mets vingt francs et ils achètent ce qu'ils veulent.

☆

C'est Ginette qui est en train d'accoucher. Elle a été dans une clinique moderne, aow, où ils accouchent dans l'eau, avec des algues pour se cramponner, aoooww ! Alors Jean-Loup est là et, comme tous les papas, il est nerveux. Il fume clope sur clope et à un moment, il entend :
— Ouin... Ouin !... Ouin... !!!
L'infirmière sort avec le bébé. Jean-Loup le tâte et s'exclame :
— Ah ouais, il est super ! Ouais, il est super !!! Oh

c'est un garçon, j'en étais sûr! Et r'gardez-moi ça comme il est bien monté!
Et l'infirmière lui répond :
— Non, c'est une fille. C'est mon doigt que vous touchez là.

☆

C'est Maurice qui prend le métro. Tout à coup, un clochard s'approche de lui et lui tend son chapeau en disant :
— Tenez, monsieur; vous, vous avez une bonne tête, au moins...
Et Maurice de lui répondre :
— Non, gardez-le. Vous en avez plus besoin que moi, va!

☆

Maurice est tranquillement chez lui en train de se raser quand on frappe à sa porte.
— Qu'est-ce que c'est? demande Maurice sans ouvrir.
— C'est pour les pauvres!
Alors Maurice répond :
— Glissez-le sous la porte!

☆

C'est Ginette qui est en vacances à Sainte-Julie-du-Poitou. Elle fait du camping sauvage, et comme elle est un peu myope, elle a planté sa tente devant le tabac. Mais la campagne, ça l'intéresse, alors elle va visiter la ferme d'Eugène Poulossière et lui dit :

— Oh là là, ça doit être bien d'être cultivateur, aow!
— Ben, c'est une vie saine!
— Mais c'est pas trop dur?
— Eh ben non, ben... y'a des trrrucs...
— Parce que moi, j'ai toujours rêvé de traire une vache, aoow! Comment on fait?
— C'est simp'. Vous vous asseyez là surr le tabourret, vous empoignez bien les pis et vous tirrez bien du bas verrrs le haut et du haut verrrs le bas. Et alorrrs, hop! le plus important quand ça gicle, faut fairrre gaffe qu'ça tombe pas à côté du seau.
— Oh, c'est super! Ça m'rappelle quand j'ai connu Jean-Loup, aoooww!
— Bon, ben moi, faut qu'j'aille donner à bouffer aux poules, alorrrs vous allez m'trraire une vache. On va voir comment vous vous débrrouillez. Je rreviens dans une heure et vous m'ferrrez voirrr.
Une heure après, Ginette va retrouver Poulossière dans la grange et lui dit :
— Oh là là, aow! Ça n'a pas donné grand-chose. J'ai pas dû faire comme il fallait... Regardez : j'ai juste ça!
Et elle tend à l'Eugène un verre à dent à moitié plein. Poulossière regarde et lui dit :
— Hé, quelle tourrrte! V'là t'y pas qu'elle a brrranlé l'taureau, cré bon gu!

☆

C'est des cannibales qui attrapent un représentant en vin. Ils le font cuire, ils le bouffent et, à la fin, le chef dit :
— Y'a bon, mais y'a quand même un petit goût de bouchon, dis!

☆

Putaing! Maurice a trouvé un boulot! Il rencontre David et lui dit :
— Alors, mon fils, tu sais c'que j'fais maintenant, hein ?
— Non!
— Je vends des pigeons voyageurs! C'est cent pour cent bénéfice : je les vends le matin et ils rentrent le soir!

☆

C'est Ginette qui rentre chez elle et elle est toute contente. Jean-Loup l'attend en regardant la télé. Elle arrive et lui dit :
— Ouh ouh!... Chéri!... Oh là là! Super! Super!
Et elle se déshabille. Jean-Loup lui dit :
— Eh dis-donc, toi, t'as plus d'culotte ?
— Non, aoww, mais j'ai mon permis de conduire!

☆

C'est deux ouvriers, un Belge et un Français. A l'heure de la pause-café, le Français dévisse sa Thermos et se sert un petit jus tout chaud quand le Belge lui dit :
— Oh ben, c'est forhmidable, hein! Qu'est-ce que c'est, cet apparheil ? Quand je pense que moi, je suis obligé d'amener un rhéchaud, hein! Qu'est-ce que c'est ?
— Ben c'est une Thermos, mon pote! Ça s'appelle comme ça.
— Comment tu dis le nom ?
— Une Thermos!

Le Belge revient une heure après et dit au Français :
— Comment tu m'as dit le nom là ?
— Une THER-MOS !
Le soir, le Belge revient voir le Français :
— Comment ça s'appelle, le truc que tu m'as dit ?
Le Français en a marre et lui répond :
— C'est une capote. Voilà ! C'est une capote ! Si tu veux l'acheter, tu vas à la pharmacie et tu demandes une capote.
— Oh ben j'vais y aller, parce que c'est prhatique quand même pour avoir le café chaud, une fois !
Le Belge arrive à la pharmacie et c'est Ginette qui est à la pharmacie-aow. Il lui dit :
— Bonjourh mademoiselle, je voudrhais une capote, mais au moins pour quatrhe litrhes.
— Quatre litres, aow ! Mais ça va pas ?
— Oh si ! Y faut bien ça, parhce que moi, quand je suis au fond du trhou, j'y rheste au moins huit heurhes, hein !

C'est Ginette qui prend le bus. Elle vient d'avoir un bébé avec Jean-Loup. Malheureusement, son nourrisson n'est pas très beau, il est même franchement moche. Tout à coup le bus s'arrête et un clodo monte. Il regarde le bébé et dit :
— Beuuuh ! Beuuuh ! Ben mon vieux, c'est l'moutard le plus moche que j'ai jamais vu !
— Oh là là ! Espèce de con-aow !
Ginette lui fout une beigne, paf !, et elle pique une crise de nerfs.
— Espèce de con ! Aaaah !...
Le chauffeur du bus arrête ça et lui dit :
— Mais enfin, madame, calmez-vous ! Tenez... Allez... Ne pleurez plus, ne pleurez plus !
— Mais c'est ce con, aow ! Y m'a dit...
— Mais c'est pas grave, madame. Tenez, voilà, ne pleurez plus. Je vous ai amené un verre d'eau. Et j'ai même une banane pour votre petite guenon...

☆

C'est un monsieur qui va voir le père Favier et qui lui dit :

— Écoutez, mon père, je voudrais me confesser parce que... Voilà...
— Je vous en prie, parlez, mon fils. Je vous écoute avec toute la tendrrresse qu'un preeeêtre est censé ofrrrir aux hommes.
— Eh bien voilà, mon père. Pendant la guerre, j'ai... J'ai caché un homme qui était poursuivi par les nazis.
— Mais c'est trrrès bien. Ce n'est pas un péché!
— C'est-à-dire, que... je l'ai caché dans ma cave et je lui ai fait payer un loyer de mille cinq cents francs par jour.
— En effet...
— Ben oui... Puis alors... Vous comprenez... Le problème c'est que maintenant, je m'en veux.
— C'est pas grrave, c'est le passé. C'était la guerrre. En tout cas, même si le loyer était cherrr, vous l'avez sauvé.
— Bah... le problème n'est pas là. C'est que je ne lui ai pas dit que la guerre était finie.

☆

Ça se passe dans un petit bistro à Saint-Julien-du-Poitou. Ça s'appelle « Au Rendez-Vous du Cor de Chasse ». Et là, y'a les paysans qui discutent braconnage.
A écouter l'Marrrcel, c'est lui le meilleur brrraconnier. Par exemple, il s'cache derrrièrre un fourrré, il imite le crri d'la carrrotte et y'a l'lapin qu'arrive... Et paf! Mais l'Eugène Poulossièrrre, lui ça l'fait doucement rrigoler. Lui, il a connu un gars qui brraconnait déjà dans l'ventrre de sa mèrre. Alors là, les vieux s'exclament :
— Mais qu'est-ce qu'tu rracontes, dans l'ventrre de sa mèrre!?
— Ouais, j'vais t'dirre, j'vais t'dirre, hein? Dans

l'ventrre de sa mère, y piquait des poils à sa mèrre. Et y fabrriquait des collets pourr attrraper la queue d'son pèrre, dis!

☆

Grand défilé sur la place Rouge. Le président Gorbatchev s'adresse à la foule!
— L'Union soviétique, grand pays des traditions qui n'a pas peur...
Et là, on entend une voix qui dit :
— Qui c'est qui veut des marrons glacés ? Demandeeez les marrons glacés....
Gorbatchev reprend son discours mais il est à nouveau interrompu par la voix :
— Demandeeez les marrons glacés!...
Alors Gorbatchev en a marre et s'écrie :
— Le prochain qui m'interrompt avec ses marrons glacés, je le fais virer de Russie à coups de pied au cul! Compris ?
Et à ce moment-là la foule répond en chœur :
— Demandez les marrons glacés!....

☆

C'est Maurice qui dit un jour à David :
— Putain, ma femme voulait un électrophone pour son anniversaire! Tu t'rends compte? Alors j'ai trouvé un truc plus économique, j'lui ai acheté un collier de perles.
— T'es con, ou quoi ? lui répond David. Un électrophone, ça t'aurais coûté moins cher!
— Non, sûrement pas. T'as déjà vu des marchands qui vendaient de faux électrophones?

☆

C'est Maurice qui a été faire un peu d'exploration en Amazonie. Depuis qu'il écoute Nicolas Hulot sur Europe 1, il a le goût de l'aventure. Donc il a été en Amazonie et, le lendemain de son retour, il se réveille et il voit qu'il a un petit point noir sur le front.
— Bah, bah, bah... Qu'est-ce que c'est ? ! C'est d'l'acné ou quoi ?
Alors il va voir le docteur Jacquot et lui dit :
— Qu'est-ce que c'est ? J'ai un truc, là. Vous savez, je reviens tout juste d'Amazonie. J'ai dû être piqué par une bestiole, là-bas. Qu'est-ce que c'est, ce truc-là ?
— Écouteeez, je vais vous examiner...
Le docteur Jacquot examine Maurice et lui dit :
— C'est bien ce que je pensais... Aïe, Aïe, Aïe... Écoutez, c'est une maladie tropicale relativement rare, mais il n'y a pas de doute possible... Vous avez attrapé la « biscouti ».
— La biscoutiiii ? Qu'est-ce que c'est ce truc-là ? !
— Vous avez été piqué par une mouche tac-tac et vous avez donc un sexe masculin qui vous pousse sur le front.
— Putaing de ma mère, mais c'est pas possible !
— Bah si... Et dans quinze jours il sera là.
— Mais les gens, y vont m'prendre pour Elephantman, et tout ! Qu'est-ce qu'il faut faire ?
— Écouteeez... Vous viendrez me voir, je vous l'couperai. Il n'y a aucun problème. Enfin, si. Le problème, c'est que ça repousse toutes les trois semaines.
— Mais vous vous rendez compte, docteur ? Ma vie est foutue ! Bonjour le moral quand j'me verrai comme ça devant la glace !
— Non, vous ne vous verrez pas : parce que les couilles, vous les aurez sur les yeux.

☆

C'est une petite grenouille rainette qui a soif. Tout à coup, elle aperçoit une rivière. Elle s'en approche et commence à boire :
— Slurp... beuh ! Slurp... beuh !
Or, trois mille mètres plus haut, un aigle vorace, féroce, aperçoit la rainette. Il fonce sur la grenouille, la gobe et retourne dans son nid. La grenouille est là et se dit : « Mais je ne comprends pas. J'étais sur le bord d'une rivière... Il faisait beau... Je buvais tranquillement, et soudain me v'là dans un trou noir ! Qu'est-ce que c'est que cette histoire ? »
Alors la rainette cherche désespérément son chemin. Elle commence à progresser à tâtons dans les intestins du volatile. A un moment, elle aperçoit un rai de lumière parce qu'elle arrive vers le fond. Alors elle écarte avec ses pattes, elle passe la tête et dit :
— Oh là là !... Oh là là !!! Mais c'est haut !
Et l'aigle lui répond :
— Ouais, et t'as pas intérêt à me faire chier.

☆

Ce n'est pas vraiment une roucasserie, mais je suis allé voir le dernier Rambo. Le Rambo VI. Ça existe et c'est extraordinaire ! Je vous raconte brièvement le scénario :
Les Américains préparent la guerre secrète contre les Japonais. Alors ils vont envoyer un espion et évidemment, qui ils choisissent ?... Rambo. Alors le colonel Frotman convoque Rambo et lui dit :
— Rambo, j'ai une mission à vous confier. Vous m'écoutez ?
— Wâaaah !....

— Il s'agit d'une mission secrète, Rambo. Vous me comprenez ?
— Je vous comprends très bien, wâaaah...
— Ou vous l'acceptez, ou vous ne l'acceptez pas. Si vous acceptez, deux possibilités. Si vous acceptez vous prenez un avion. Si vous prenez un avion, deux possibilités. L'avion ne part pas, ou alors il part. S'il part, deux possibilités... Vous suivez toujours ?
— Wâaaah, mon colonel.
— Si l'avion part, vous sautez en parachute ou vous ne sautez pas. Si vous sautez en parachute, deux possibilités. Il s'ouvre ou il ne s'ouvre pas. S'il s'ouvre... Rambo ! Qu'est-ce que je viens de dire ?
— Euh : « Rambo ! Qu'est-ce que je viens de dire ? »
— Si le parachute s'ouvre, deux possibilités. Vous vous posez en terrain ennemi ou vous ne vous posez pas en terrain ennemi. Si vous vous posez en terrain ennemi, deux possibilités. Vous êtes fait prisonnier ou vous n'êtes pas fait prisonnier. O.K., Rambo ?
— O.K.
— Rambo, si vous êtes fait prisonnier, deux possibilités. Les Japonais vous tuent ou ils ne vous tuent pas. S'ils ne vous tuent pas...
— S'ils me tuent pas...
— S'ils ne vous tuent pas, ils font des expériences chimiques avec vous. S'ils font des expériences, deux possibilités. Soit ils vous transforment en savonnette, soit en papier-cul. S'ils vous transforment en papier-cul, c'est là que les emmerdements commencent.

☆

C'est Maurice. Il lui arrive un truc comme à David Vincent. Un soir qu'il rentrait sur Paris par les départementales, il se perd. Trop fatigué pour poursuivre sa route alors qu'il cherchait un chemin qu'il n'a jamais trouvé, il arrête sa voiture pour se reposer un p'tit peu et, tout à coup, il voit une soucoupe volante qui atterrit. Alors il se dit :

— Putaing, il va falloir que je convainque un monde incrédule que le cauchemar a déjà commencé. Ouarbok !

Et là, le sas de la soucoupe s'ouvre et un extraterrestre descend. Immense ! Trois mètres de haut, avec un scaphandre lumineux. Prenant son courage à deux mains, Maurice lui dit :

— Salut à toi... fils ! Ça va, ouais, ça roule ? T'as fait bon voyage ? T'as trouvé un endroit pour te garer, mon fils ? Attention, là bas, y'a des axes rouges. Fais pas le con, hein ? Alors mon fils, tu viens de quelle planète ? Ils sont tous comme toi sur ta planète ? Ils sont tous grands comme ça ?

L'extraterrestre fait des signes pour dire oui. Alors Maurice enchaîne :

— Alors, ils font tous trois mètres ! Putain, c'est étonnant, hein ? Et chez toi, ils ont tous des soucoupes comme ça pour se déplacer ?

L'extraterrestre fait encore signe que oui. Maurice le regarde et il s'aperçoit qu'à un doigt de la main droite, il porte un énorme diamant de la taille d'une orange. Alors Maurice lui dit :

— Putaaain ! Et sur ta planète, ils ont tous un diamant gros comme ça ?

Et l'extraterrestre répond :

— Non, seulement les pieds-noirs !

☆

C'est Krasucki qui meurt. Il arrive au Paradis et il sonne à la porte. C'est saint Pierre qui vient ouvrir :

— Hein, qu'est-ce c'est ? C'est pourquoi ?

— Alors voilà... Alors, y'a eu... j'suis... J'suis mort parce qu'on a... y'avait...
— Ouais, c'est pas la journée, mon pote ! Bon, c'est quoi vot' nom ?
— Heum... heum... Kra... Krasucki.
— Ah ouais... Krasucki... Mais dites-moi, vous avez fait pas mal de conneries quand même, hein ? Vous avez bien foutu la merde, non ? Alors là, je regrette, mais c'est l'Enfer. Non, c'est l'Enfer.
— Eh ben tant pis... moi... moi... Y'a qu'à... On va...
Krasu descend en Enfer et là, c'est le Diable qui lui ouvre et qui lui dit :
— Entreeez ! Aaaah ! Bienvenue en Enfeeer. Vous allez voir, c'est pas si terrible que ça.
— Ah, ah bon... a-alors, c'est-c'est quoi ? Qu'est-ce qu'y a ?
— Je vais vous expliquer. C'est une grande cuve, pleine de cacaaa, et vous êtes assis dedans.
— Ah oui... Bon... Ça... Remarquez, j'ai tellement foutu la merde de mon vivant que ça ne devrait pas... pas te-tellement... me-me gêner.
Il descend donc dans la cuve, et il y retrouve d'ailleurs plusieurs camarades. Ils en ont quand même jusqu'aux épaules, mais la tête dépasse et ils peuvent respirer. Krasucki se dit :
— Oh... oh, c'est vrai. C'est-c'est pas-pas si terrible que ça...
Et à ce moment le Diable annonce :
— La récréation est terminée. Veuillez vous rasseoir.

☆

Ça se passe à Sainte-Julie-du-Poitou et là, il y a Eugène et Fernande Poulossière. Ils habitent une petite ferme. Ça fait ben quarante ans qu'ils sont

mariés et puis, vin diou, un jour, il y a la Fernande qui dit :
— Mon Eugène ! Çaaa fait quarante ans aujourd'hui, quand l'soleil y s'couchera l'soinr, quand l'coq y chantera l'matin, ça f'ra quarante ans qu'on est mariés tous les deux, mon Eugène. Alors ce soinr, on devrait fêter ça. J'voudrais qu'on fasse les fous comme c'tait quand n'étions jeunots.
— Ben... ben...
Il est pas très chaud, l'Eugène...
— Ben... ben, j'voudrais bien, mais qu'est-ce qu'tu voudrais ?
— Oh !... Tu sais c'qu'on pourrait faire ? J'ferais un bon potage de légumes, avec l'os à moelle et les choux entiers, et puis on mangerait tout nus l'potage avec des chandelles, comme au restaurant. Ce serait romantique !
— Oh bof, ben si tu veux.
Alors le soir, ils sont là, nus tous les deux, en train de manger le potage, avec les deux petites chandelles allumées. Et la Fernande dit :
— Oh !... J'retrouve mes vingts ans, mon Eugène. Ça m'touche tellement ! J'en r'sens comme une douleur au cœur, une chaleur aussi.
— C'est normal. T'as ton sein gauche qui trempe dans l'potage.

☆

C'est un petit cours d'anatomie. Regardez votre main. Vous avez le pouce. Vous partez du pouce. Le premier doigt s'appelle le pouce. Le deuxième, celui avec lequel on feuillette des annuaires, s'appelle l'index. Et le troisième, le plus long de la main, s'appelle comment ?
Wiskas, parce qu'il est pour les chattes difficiles.

☆

LES NOUVELLES ROUCASSERIES

C'est Ginette qui est tombée amoureuse. Un jour, elle dit à Josie :
— Tu connais pas mon mec ? Il est super, aow !
— Comment il est ?
— Oh là là ! Il a le charme de Frank Sinatra et l'intelligence d'Albert Einstein.
— Et comment il s'appelle ?
— Frankenstein.

☆

Ça se passe à l'école. C'est Ginette qui fait la classe en Seine-Saint-Denis. Un matin, elle dit à ses élèves :
— Bon, on va faire un peu de sciences naturelles, aow. Vous allez me citer divers éléments de la matière.
Il y a un petit qui lève la main :
— M'dame ! M'dame !
— Oui, vas-y, aowww.
— Alors, y'a l'eau, la terre, le feu et le baiser.
— Le baiser ? Je ne comprends pas pourquoi, aow ?
— Parce que l'autre jour, ma mère elle disait à la voisine : « Ah mon mari, tant qu'il peut baiser, il est dans son élément ».

☆

C'est une histoire qui se passe en Afrique, dans un petit village. Deux petites filles africaines discutent en pilant le manioc. Et il y en a une qui dit à l'autre :
— Quel âge tu as, toi, présentement ?
— Je ne sais pas. Ma mè'e a pe'du mon ce'tificat

de naissance en allant che'cher de la canne à suc'e dans la fo'êt là, et je ne sais pas si j'ai douze ans ou seize ans.
— Attends, je vais t'aider. Réfléchis bien. Dis-moi quelle est la meilleure chose que tu ais eue dans la bouche ?
— Je c'ois que c'était de la ta'te aux pommes.
— Bon, alors tu as douze ans.

☆

C'est une devinette. Savez-vous ce que signifient les galons que portent les policemen anglais ? Trois galons, c'est un policeman qui sait lire et écrire. Deux galons, c'est un policeman qui sait lire *ou* écrire. Et un galon, c'est un policeman qui connaît quelqu'un qui sait lire et écrire !

☆

C'est Maurice qui va voir le docteur et qui lui dit :
— Putaing, j'ai de ces migraines, depuis quelque temps... Mais de ces migraaaines !...
Le docteur l'examine et lui répond :
— Écouteeez, c'est une maladie héréditaire.
— Bon, ben dans ce cas-là, vous enverrez la note à mon père.

☆

C'est Eugène Poulossière qui vient pour la première fois à Paris. Il Rentre dans un café et voit écrit : « P.M.U ». Alors il appelle le garçon et lui dit :

— Dites donc, c'est quoi un... un « pmu » ?
Pour se moquer de lui le garçon lui répond :
— Un « pmu » ? C'est un apéritif très populaire ici, à Paris. Quelque chose de très bon.
— Ah, ben, j'ai jamais goûté. Alors j'boirais ben un « pmu ».
Le garçon prend un verre et le remplit avec du Harpic Vaisselle, rajoute un peu de grenadine et de térébenthine pour que ça ait du goût, puis il sert le « cocktail » à Poulossière :
— Allez-y. Buvez !
Poulossière boit d'un trait et lui dit :
— Bon diou ! C'que c'est bon ! Ah on sent ben l'truc ! Ten, garçon, r'mettez moi un « pmu ».
Et toute la semaine, Poulossière revient au café boire son « pmu ». Le dimanche, il arrive et le garçon lui dit :
— Alors, je vous mets un « pmu » comme d'habitude ?
— Ah... non. J'vas p't-être arrêter le « pmu ». J'sais pas c'qui s'passe mais, depuis quelque temps, chaque fois que j'vais faire pipi, ça fait des trous dans mes chaussures...

☆

C'est Jean-Loup, le mari de Ginette, qui rentre chez lui :
— Hey, salut ma poule ! Hey où qu't'es, ma poule ? C'est ton p'tit mari d'amour !
Il entre dans la chambre et qu'est-ce qu'il voit ? Ginette au plumard avec son meilleur ami Momo. Il dit :
— Hé qu'est-ce qu'tu fous là ? Qui t'es, toi ? Qui t'es ? Et Momo lui répond :
— Ben quoi, c'est moi... ta... ta...
Jean-Loup est furieux et veut casser la gueule à Momo, mais après mûre réflexion il lui dit :

— Écoute Momo, on est des potes. Je ne vais pas te casser la gueule finalement. Tu sais c'qu'on va faire ? J'ai un revolver sur moi. J'vais tirer deux coups de feu, hein ? Comme ça, heu... Ben elle croira qu'on est morts et on verra lequel qu'elle préfère !
— Oh ouais, t'as raison, on va voir. On va pas s'engueuler !
Jean-Loup tire deux coups de feu. Alors Ginette ouvre le placard et dit :
— Oh là là... Ils sont morts tous les deux, Robert ! Tu peux sortir !

☆

C'est le fils de Maurice qui dit à son professeur :
— Ma maman, elle va accoucher parce que mon papa il a...
Le professeur lui répond :
— Non, attends. Il faut dire ces choses, euh... avec élégance. Ton... papa, il a, euh... acheté une p'tite sœur.
— Putain, ça, ça m'étonnerait ! Parce que mon père, ce qu'il peut faire lui-même, il l'achète pas !

☆

C'est un Belge qui visite l'Angleterre et il s'aperçoit que là-bas, au point de vue culinaire, ils en sont à la préhistoire, et il se gêne pas pour le dire haut et fort :
— Ben ça, c'est quand même étonnant, une fois. Ben quoi, alors vous ne faites pas des frites ?!
Une lady lui répond :
— Comment vous dites ?

— Les frites ? Ben c'est pourtant simple : vous prenez des pommes de terre, vous les coupez en bâtonnets dans le sens de la longueur, et après, vous plongez les morceaux dans l'huile bien chaude !
— Oh, Je vais essayer !
Le lendemain, la lady porte un énorme pansement sur la figure et le Belge lui dit :
— Mais qu'est-ce qu'il s'est passé, une fois ?
— Oh, les frites, c'était bon, mais pour boire le bouillon... Qu'est-ce que c'est dur !

☆

C'est un monsieur qui rêve de chasser l'ours. Alors il fait des économies et part au Canada. Dans le grand nord canadien. Là-bas, il arrive dans un village de montagne, entre chez un armurier et lui dit :
— Bonjour, monsieur. Je viens pour chasser l'ours. Est-ce qu'il y a moyen de chasser l'ours ici ?
— Ben parfait'min. R'gardez donc là, y'a une grotte en face de vous. Tous les midis, à midi précise, y'a l'ours qui s'réveille et qui sort.
— Bon, très bien. Pour demain midi, je voudrais un fusil. Qu'est-ce qu'il me faudrait ?
— Oh ben pour l'ours, y faut un graind fusil de chasse. Du dix-neuf avec des bonnes cartouches parce que ça a la viande dure, les ours.
Le type achète le fusil et les cartouches et, le lendemain midi, il se met devant la grotte. L'ours sort. Le mec vise bien et tire. Ça fait une fumée terrible ! D'un coup, la fumée se dissipe, l'ours se rapproche du mec et lui dit :
— Dis donc, heu... J'rêve pas là ? Tu m'as tiré dessus ?

— Heu... Non, pas du tout! Heu... C'est-à-dire... Heu... Le coup est parti tout seul. J'ai trébuché.
— Heu... Tu te fous de ma gueule? T'as essayé de me tuer!
— Non, je vous assure!...
— Parce que attention. Nous, au Canada, on a une loi avec les chasseurs. Si tu me loupes, je t'attrape et paf! Je te baise.
— Ah bon... Ben d'accord.
L'ours attrape le mec, l'emmène derrière un arbre et clac! Évidemment, le mec n'est pas très content, alors le lendemain il retourne chez l'armurier et lui dit :
— Dites donc, le fusil que vous m'avez vendu, ça ne suffit pas. Vous n'avez pas une arme plus costaud?
— Ben on a un bazooka qui nous reste.
— O.K., je vais essayer avec un bazooka.
Le lendemain, à midi, le voilà devant la grotte avec son bazooka. Il règle bien le viseur. Dedans, il y a un obus de trente kilos. A midi, l'ours sort et bang!... La fumée se dissipe... L'ours s'approche et dit au mec :
— Dis donc, mon pote. Ça commence à bien faire, ton histoire. T'as encore essayé de me tuer aujourd'hui!
— Heu... Non! Non... Absolument pas...
— Ouais, et tu m'as loupé.
— Non, mais... c'est-à-dire...
— Tu connais la loi des ours au Canada? Si tu ne me tues pas, je t'attrape et paf!
— Bon, ben tant pis...
L'ours attrape le mec et paf! Là, le mec en a marre. Il retourne chez l'armurier et lui dit :
— Bon. Maintenant, je voudrais un tank. Voilà. Démerdez-vous, appelez l'armée, mais je veux un tank avec des obus de huit cents kilos.
— Ben, on va vous trouver ça.

Le lendemain, le mec est dans son tank, en tenue de combat. Il attend. A midi, l'ours sort. Le mec tire sur la manette et c'est l'explosion. Il n'y a plus de grotte, plus de village, plus de forêt. Plus rien à part une énorme fumée. On dirait *Hiroshima mon amour*. D'un coup, la fumée se dissipe. L'ours s'approche en s'époussetant. Il regarde le mec et lui dit :
— Dis donc... Heu... tu serais pas un peu pédé, toi ?

☆

C'est madame Grinder et madame Saillard qui discutent.
Madame Grinder dit :
— Oh, vous savez, j'ai pas toujours été comme ça. J'ai eu une vie dissoluechhh. J'ai fait d'ces choses, si vous saviezchhh. Je me suis même dévêtue pour un magazinechhh.
— C'était pour quel magazine ?
— C'était pour *Sciences et Viechhh*. J'étais entièrement nuechhh.
— Et dans quelle rubrique ? Art et Beauté ?
— Non. Dans le chapitre « Erreur de la Nature ».

☆

C'est madame Grinder qui est à l'église et qui veut aller se confesser. Mais elle doit prendre son mal en patience, parce que, devant elle, il y a trois Ginette qui font la queue. La première entre dans le confessionnal et dit au prêtre :
— Bonjour mon père, aow. Oh là là... J'sais pas comment vous expliquer ça. J'ai fauté, aow... Avec Jean-Loup. On a été voir Sting et, en revenant du

concert, on a fumé un pétard et il était tout excité, aow. Alors j'ai fauté.
— Oh, c'est affreux, ma fille. Hors du mariage, c'est horrible. Il faudra me faire deux pâtés et trois ovaires.
Vient le tour de la deuxième Ginette.
— Oh là là, mon père ! J'ai fauté, aow, avec le fils du pharmacien. On était en classe ensemble. L'autre jour, il pleuvait, on savait pas quoi faire, aow... Et alors j'ai fauté.
— C'est très vilain, ma fille. Vous me ferez un « Je vous salis Marue ».
Et la troisième Ginette dit :
— Oh là là, ça c'est passé avec mon voisin, aow. Il a sonné sous prétexte de me demander si j'avais le dernier disque compact. Et je me suis laissé entraîner à fauter, aowww...
Madame Grinder attend toujours. Elle n'a qu'un petit péché à confesser, rien de grave : elle a juste lâché un petit prout pendant la messe. Mais elle ne sait pas comment avouer ça au curé. Elle se dit :
— J'peux quand même pas dire : « Monsieur l'Abbé, j'ai pétéchh ». Ça ne se fait paschh. Comment j'peux dire ? J' vais lui dire que j'ai fautéchh.
Alors elle arrive devant le curé et lui annonce :
— Voilà, mon père, c'est simple. J'ai fautéchh.
— Vous aussi, madame Grinder ! ! !
— Qu'est-ce que vous voulez ? A mon âge, excusez-moi, mais on n'est plus maître de son cul !

☆

C'est l'histoire d'un jeune homme qui se croit très beau et qui, un soir, après avoir passé sa journée sur la plage de Saint-Tropez, se regarde tout nu devant sa glace. Chose étonnante, il remarque qu'à l'endroit du maillot il n'a pas bronzé. Alors le len-

demain, sur la plage, il se recouvre entièrement de sable, sauf la zigounette qui dépasse au soleil. Dix minutes après, il y a deux petites mamies qui arrivent sur la plage et qui disent :
— Ooooh, regardez, madame Saillardchhh. Oh, mon Dieu ! A vingt ans, j'aurais sauté dessuschhh. A quarante ans aussichhh. Quand je pense qu'il m'aura fallu tout ce temps pour savoir que ça poussait comme la mauvaise herbe !

☆

Les temps changent, et les proverbes aussi. En voilà un nouveau : « Un gamin qui vole à la tire, c'est de la graine de député. Et un député qui tape dans la caisse, c'est un futur ministre. »

☆

C'est François Mitterrand qui vient à Orly accueillir un président africain. L'avion s'arrête, le tapis rouge est déployé et la fanfare se met à jouer tandis que le chef d'État descend la passerelle. Mitterrand le salue, puis il s'aperçoit que la femme du président a du mal à sortir de l'avion. Alors il s'avance et lui dit :
— Mais je vous en prie, Madame, prenez ma main.
— Non, non merci, j'ai déjà déjeuné.

☆

C'est l'histoire d'une petite souris qui se promène à la campagne et qui croise une voie ferrée. Elle la traverse mais, malheureusement, elle est un

peu lente : un train passe et lui coupe un bout de queue. Alors la petite souris se dit :
— Il faut que j'aille récupérer mon bout de queue, quand même. C'est pas beau, si j'ai pas mon bout de queue.
Elle retourne récupérer son bout de queue et là, il y a un deuxième train qui passe et qui lui coupe la tête. Moralité : Il n'est pas rare de voir les souris perdre la tête pour un petit bout de queue.

☆

C'est une dame très bien, d'une très bonne famille, très chic, qui est mariée à un monsieur vraiment merveilleux. Un week-end, ils vont à la chasse chez des amis en Sologne. Et là, il se produit un petit accident de chasse. La dame, qui est enceinte, reçoit quelques petits plombs dans le bas ventre. Ce n'est pas très grave, mais elle va voir le docteur qui lui dit :
— Écouteeez, y'a pas de problème. Apparemment les œufs n'ont pas été touchés. Ça ne vous empêchera pas d'accoucheeer.
Effectivement, elle accouche quelques mois après et elle a des triplés, trois garçons magnifiques. Et puis les années passent et, visiblement, il n'y a pas d'effets secondaires. Quinze ans après, elle se promène avec ses trois garçons à la campagne et il y en a un qui dit :
— Oh maman, c'est curieux. Je viens de faire pipi et y'a des p'tites billes de plomb qui sont tombées de ma zézette.
— C'est rien, mon chéri. Je vais t'expliquer. Un petit peu avant que tu naisses, nous étions à la chasse chez les Bougrain-Dubourg quand, tout à coup...
Et là, il y a le deuxième qui revient et qui dit :

— Oh maman, il m'est arrivé un truc rigolo. Je suis allé faire pipi, et alors...
— Oui, mon chéri, je sais. Il y a des petites billes de plomb qui sont tombées de ta zigounette, mais ce n'est rien du tout. Je vais t'expliquer. Ça remonte avant ta naissance...
Et là, il y a le troisième qui arrive et qui dit :
— Oh maman, il s'est passé un truc affreux !
— Mais que s'est-il passé, mon chéri ?
— Eh ben, j'étais dans les toilettes euh... en train de m'astiquer le poireau et j'ai tué le chien.

☆

C'est Maurice qui ne sait pas où aller pour les vacances. Pour une fois, il a fait de bonnes affaires. Il a fait des bénéfices, et tout. Il réfléchit, et il décide d'aller en Chine, à Pékin. Il part et un copain l'emmène à l'aéroport. Il lui dit :
— Maurice ! Quand tu seras à Pékin, tu n'oublies pas, tu visites la synagogue. Elle est super !
Dans l'avion, Maurice y repense et se dit :
— Qu'est-ce qu'il m'a raconté, comme conneries ? Une synagogue à Pékin ! Il est fou, lui ? !
Il arrive à Pékin et il se renseigne à l'aéroport auprès d'une dame :
— Pardon, madame, c'est vrai qu'il y a une synagogue, ici ?
— Mais oui, parfaitement !
Puis il rencontre un Chinois dans la rue et lui demande :
— Pardon, monsieur, le chemin de la synagogue ?
— La synagogue de Pékin ?
— Oui, la synagogue de Pékin.
— C'est très simple. Vous prenez la première à droite, la deuxième à gauche et vous y êtes. Mais excusez-moi... Vous êtes juif ?

— Oui, j'suis juif.
— C'est curieux. Vous n'avez pas du tout le type !

☆

C'est un dentiste qui s'apprête à soigner un monsieur, et comme c'est un dentiste assez prudent, il lui demande :
— Attendez, avant de vous faire la piqûre, vous mangez de quel côté ?
— Oh, du côté des Champs-Élysées.

☆

Ce sont deux Sénégalais qui se rencontrent, et il y en a un qui dit à l'autre :
— Dis donc, tu sais pas la derrrnière, présentement ?
— Non, non !
— Je viens d'avoir un enfant pour moi-même. A la naissance, il pesait quinze kilos !
— Quinze kilos ? C'est impossible !
— Si si ! Il pesait quinze kilos à la naissance mais maintenant, il va bien, il pèse plus que trois kilos.
— Comment vous avez fait ?
— Rien du tout ! On l'a fait circoncire.

☆

C'est deux pépères qui sont sur un banc et il y en a un qui demande à l'autre :
— Comment tu fais, pour être en forme à ton âge ?
— J'ai une vie bien réglée. A six heures, je fais ma petite commission. A sept heures, je fais ma grosse commission...

— Et à huit heures ?
— A huit heures ? Je me relève.

☆

C'est un mec qui va voir le docteur et le docteur lui fait :
— Combien vous avez d'enfants ?
— Combien j'ai d'enfants, moi ? J'en ai dix-huit.
— Dix-huit enfants ?! Avec la même ?
— Oui, avec la même, mais pas avec la même femme.

☆

C'est Bruno Tortellini. Ma qué ! Il aime bien se vanter un peu devant les filles. Un jour, il rencontre Ginette au bistro et il lui dit :
— Hé, Dginette, tu sais ce que j'ai fait, l'autre soir ?
— Non, j'sais pas, aow.
— J'suis rentré dans zoum bistro et j'ai fait oune concours de quéquettes.
— De quéquettes, aowww !
— Si, si. Y'avait les mecs. Y' zétaient tous bourrés et ils ont dit : « Si on faisait un concours de quéquettes ? »
— Oh là là, aow ! Mais tu l'as pas sortie ?!
— Si, si... Juste oune petit peu pour gagner.

☆

C'est Ginette qui part en vacances dans un camp de nudistes. Le premier jour, elle arrive, elle est contente, elle se met toute nue et, à côté d'elle, il y a un Belge qui est à poil également et qui la regarde

avec des yeux « ébouriffés », comme on dit, et il fait :
— Oy, oy, oy, une fois !
— Oh, ben ça va, aow ! Qu'est-ce qu'il y a, aow ?
— Excusez-moi, madame, mais j'savais pas qu'y avait autant de différences entre les catholiques et les protestants, hein !

C'est l'histoire d'un bûcheron qui cherche du travail. Un jour, il lit une petite annonce dans le journal : « On embauche dans une scierie en Savoie. » Il se rend donc en Savoie et le contremaître lui dit :
— Vous savez, je veux bien vous engager, mais ici, on embauche que des connaisseurs. C'est du boulot sérieux, le bois ! Faut pas croire, hein ! On fait des meubles avec ! Alors on va vous faire passer un test. On va vous bander les yeux et vous faire renifler les troncs d'arbres, et puis vous nous direz ce que c'est comme bois.
— Allez-y ! Ça m'fait pas peur ! Z'allez voir que j'm'y connais !
On lui bande les yeux et, pour commencer, on lui fait renifler une planche. Sans hésiter, le bûcheron s'exclame :
— Ouais, facile ! Ça, c'est du sapin. Du sapin banal. On l'a coupé... Attendez... On l'a coupé lundi ! Lundi matin vers onze heures et demie.
— Ben bravo. C'est super, ça ! Non mais dites-moi : vous êtes vraiment un spécialiste, ou c'est un coup de bol ?
— Continuez, vous allez voir !
— Bon, respirez-moi ça.
— Alors ça, c'est pas pareil. Ça, c'est... C'est un

bouleau nain... Il a pas été coupé, celui-là. Il a été foudroyé après un gros orage et on l'a débité à la hache à peu près vers vingt et une heures.
Le contremaître est stupéfait. Il réfléchit et se demande comment il pourrait piéger le bûcheron. Tout à coup, il lui vient une idée. Il va chercher sa grand-mère et lui dit :
— Mémé, tu vas te mettre devant le mec et tu vas relever tes jupes.
La grand-mère fait comme on lui demande et relève ses jupes. Depuis le temps qu'on ne le lui avait pas demandé ! Alors le contremaître demande au bûcheron.
— Et ça, c'est quoi ?
— Snif... Snif... Oh là là !!! Putain, j'l'ai sur le bout de la langue ! Ça, c'est un bois... C'est pas un bois de luxe, hein ! C'est un bois banal !... Ça y est ! J'ai trouvé ! C'est le bois d'une vieille porte de chiottes qu'on a récupéré pour faire une caisse à poissons !

☆

C'est Ginette qui part en vacances dans un petit bled du côté de Marseille, et là-bas, il y a un vieux pépé qui organise des promenades à dos d'âne. Ginette s'approche dans sa jolie robe d'été et demande au pépé :
— J'peux faire un tour en âne, aow ?
— Pas de problème ! C'est dix francs la balade.
Ginette prend son élan et saute à pieds joints sur le dos de l'âne. Mais elle a complètement oublié qu'elle n'a pas mis de culotte, et quand elle dit au petit vieux :
— Vous avez vu la souplesse, aow ?
Le pépé lui répond :
— Chez nous, on appelle ça une moulasse !

☆

C'est Eddie Barclay qui est dans sa maison et qui reçoit un coup de fil :

— Allô ?

— C'est le bureau de monsieur Barclay ?

— Lui-même à l'appareil.

— Ben voilà, j'ai un numéro assez original... Enfin, original, c'est surtout que ça s'fait plus, vous voyez... Ça s'faisait dans l'temps, mais maintenant, ça s'fait plus. J'suis pétomane.

— Ah oui, je vois. En effet, ça s'fait plus. Et vous êtes un vrai pétomane ?

— Ah oui ! Et j'ai un sacré répertoire ! Rien qu'en proutant, j'peux vous interpréter — vous allez voir comme c'est varié — *les Cloches de Corneville, Joe le Taxi*, la *Marseillaise*, et même l'*Internationale* ! Et j'peux aussi vous faire des chansons de Michael Jackson !

— Ah oui ? C'est intéressant... Vous pouvez passer à mon bureau faire une petite audition, cet après-midi ?

— Très bien, très bien...

Le mec est très content ! Il a rendez-vous ! Alors il se fait beau devant sa glace, il arrive chez Barclay et frappe à la porte du bureau :

— Entrez... Ah ! C'est vous qui m'avez téléphoné ? C'est vous le pétomane ?

— Ouais, c'est moi.

Mais le gars, il a le trac. Il se met en position... Il s'accroupit... Et il est là, crispé, très crispé et Barclay lui dit :

— Eh ben alors ? J'entends rien du tout, là...

Mais le mec a le trac et ça ne sort pas. Et d'un coup ça part ! Une espèce de geyser ! Plaf !! Barclay en prend plein son smoking !

— Mais qu'est-ce que c'est cette connerie ? Un smoking tout neuf, dis donc ! Foutez-moi le camp ! Espèce d'abruti ! Mais qu'est-ce que ça veut dire ?

Et le mec lui répond :
— Oh, ben si on peut plus s'éclaircir la voix, maintenant...

☆

C'est Josy et Ginette qui discutent en prenant une verveine, et Ginette demande à Josy :
— Dis-moi, aow. Quand tu fais l'amour, toi, aow, c'est quoi la partie la plus importante de ton corps, aowww ? C'est les seins, aow ? C'est la bouche, aow ?
— Non : moi, c'est le nombril.
— Comment ça, le nombril ?
— Bah ouais... Sinon, où est-ce que je mettrais mon chewing-gum ?

☆

C'est Maurice qui s'est mis à grossir. Il était en vacances au Club Med. Le buffet était gratuit... alors, du moment que c'est gratuit, lui, il bouffe. Et il est revenu énorme. A tel point que tous ses amis lui ont conseillé de faire quelque chose. Un jour, il passe pas loin de la rue de l'Abbé Achevé, et il voit une espèce de vieille baraque qui ne paye pas de mine, avec une pancarte : « Solution pour les obèses. Régime extraordinaire. Prix hors concurrence. » Il se précipite et il demande à une bonne femme qui est là :
— C'est vrai qu'ici on fait maigrir ?
La bonne femme répond :
— Absolumentchhh. Absolument, vous allez voirchhh. Ça ne vous coûtera que cinquante francschhh.
— D'accord, j'essaye ! Tout de suite !

Maurice lui donne cinquante francs et la bonne femme lui dit :
— Voilà ! Vous entrez dans cette pièce.
Alors Maurice entre dans une chambre presque vide et il attend. D'un coup, la porte s'ouvre, et il y a une superbe Ginette qui arrive et qui lui dit :
— Bonjour ! Si tu m'attrapes, tu me baises, aow !
Le Maurice, il commence à lui courir après et il tourne autour du lit, il tourne autour du lit... Mais elle est trop rapide et il n'arrive pas à l'attraper. Une vraie anguille ! Au bout d'une heure qu'il court, Maurice a tellement transpiré qu'il a perdu un bon kilo. Et là, il ouvre la porte d'une deuxième chambre et il y a une deuxième nana qui entre... mais alors, une vraie bombe ! et elle lui dit :
— Si tu m'attrapes, tu me baises !
Le Maurice se remet à courir, mais elle est très rapide et il n'y a pas moyen de l'attraper. Au bout d'une heure, il a bien perdu cinq kilos. Alors il pousse une troisième porte où il voit écrit : « Méthode radicale ». Alors il attend, il attend... Et d'un coup, la porte s'ouvre et un énorme Sénégalais entre et lui dit :
— Si je t'attrape, je te baise !

☆

C'est une petite roucasserie. Ça se passe sur la Riviera, sur une plage de sable, et il y a un couple qui n'a pas assez d'argent pour aller à l'hôtel. Donc, ils font l'amour sur la plage. C'est beau, c'est romantique ! Mais c'est un couple un peu spécial, parce que c'est Ginette et Loulou. Et Loulou lui demande :
— J'y suis, là ? J'y suis ?
— Non, t'y es pas du tout, aow. T'es dans l'sable.
— Et là ? Et là, j'y suis ?

— Non non, Loulou, t'es encore dans le sable, aow!
— Bon, et là ? Là, j'y suis ?
— Oh ben oui, là t'y es et c'est super! Vraiment c'est super! Et pour toi, c'est super aussi ?
— Non, moi je m'emmerde. Je vais retourner dans le sable.

☆

Vous connaissez monsieur Merlin, le constructeur immobilier ? Alors supposons qu'il meure et qu'il arrive au Paradis. Il sonne, saint Pierre lui ouvre et lui dit :
— Qu'est-ce que c'est ?
— Bonjour, je suis monsieur Merlin. Vous avez dû entendre parler de moi, le promoteur...
— Ah ouais ? Comment vous dites ? Merlin ? Attendez, je vérifie sur le registre... Oui, effectivement, vous avez une place au Paradis. On vous a même retenu un appart : on va vous le faire visiter mais vous n'avez qu'un jour de réflexion. Vous visitez l'appart, vous descendez un jour au purgatoire et vous nous donnez votre réponse dans quarante-huit heures.
— Je veux bien. Allons visiter.
Et saint Pierre le conduit dans un appart! Mais alors un appart! Que de la dalle marbrée! Cheminées René Brisach, magnétoscope, aquarium fluo... Bref, un appart de rêve! Merlin regarde ça et dit :
— Écoutez, je vais prendre un petit jour de réflexion mais c'est d'accord. Dans quarante-huit heures, je reviens et je signe le bail.
En effet, il revient quarante-huit heures après, il signe, et là saint Pierre lui ouvre la porte d'un appartement dégueulasse. Ça pue la pisse de chat. Y'a des poubelles renversées dans le living. Une horreur! Alors Merlin dit à saint Pierre :

— Mais je ne comprends pas ! Ce n'est pas du tout ça que j'ai visité avant-hier !
— Oui, mais avant-hier, c'était l'appartement témoin !

☆

Ça se passe dans un endroit délicieux, un très beau couvent dans le Poitou, à Sainte-Ambroisie-les-Lesbiennes. Les sœurs ont des petites activités, et elles ont notamment un très beau petit potager qui fait l'objet de tous leurs soins. Il y a des rangs de tomates, d'oignons, de carottes... mais elles ont un petit problème parce que, cette année, les asperges ne sont pas bien venues. Et elles ne sont pas contentes parce que la Mère Supérieure doit venir visiter le jardin potager et elles se demandent comment elles pourront faire. Finalement, elles ont une idée. Alors elles demandent au jardinier :
— Écoutez, père Poulossière, on va vous enterrer dans le rang d'asperges. Vous allez laisser dépasser votre trois-pièces-cuisine. On va la peindre en vert, et comme la Mère Supérieure est un peu myope, elle ne s'apercevra de rien !
La Mère Supérieure arrive, sœur Marie-Berthe-de-l'Immaculée-dans-les-Coins, et elle va visiter le potager.
— Oh !... Ce sont des carottes ?
— Oui, Mère Supérieure, ce sont des carottes.
— Magnifiques ! Oh !... Les belles tomates ! Et les asperges ?
— Ben... Elles ne sont pas bien venues. On n'en a eu qu'une.
— Faites voir ?... Oh !... Il n'y en a peut-être qu'une, mais elle est de taille ! Elle a dû vous coûter cher en engrais !

Et tout en parlant, la Mère Supérieure tripote l'asperge et elle fait :
— Vraiment magnifique ! Je n'ai jamais vu une pareille asperge ! Il y a même la sauce mousseline qui est fournie avec !

☆

Ginette est très très jalouse. Mais vraiment très jalouse. Elle emmerde son mec et lui demande tout le temps :
— Avec qui tu parles, aow ? Qui c'est, aow ?
C'est pour vous dire : le soir, elle prend le veston de son mec et le regarde dans tous les sens. Un jour, elle trouve un cheveu noir et lui dit :
— Salaud ! Tu as une maîtresse ! C'est une brune, aow !
Deux jours après, elle trouve un cheveu blond :
— Salaud ! C'est une blonde, aowww !
Un jour, elle ne trouve rien. Alors elle fait :
— Salaud ! Avoue ! Elle est chauve !

☆

C'est Guytou et Jean-Xavier qui pour le week-end ont été à la campagne voir une tatie qu'ils ont à Veuzon. Ils reviennent et ils sont là dans leur petite Golf GTI. Prout Prout ! Vroum Vroum ! Il n'y a personne, la route est dégagée. Ils écoutent une radio très branchée et il y a Guytou qui fait :
— Ah ! Ah !... Arrête, arrête ! Je n'ai pas fait mon gros besoin.
— Mais tiens le coup, enfin ! Il ne reste que trois cents bornes.
— Ah non, je peux pas ! Je peux pas ! Faut qu'on s'arrête sinon je vais exploser.

— Oh, mais t'es pénible ! T'aurais pu prévoir avant !
— Ah oui, mais non. Je peux pas !
— Bon d'accord.
La GTI s'arrête, Guytou va faire son gros besoin, et quand il revient, il est tout pâle. Il dit à Jean-Xavier :
— Tu sais ce qui vient de m'arriver ? J'ai accouché !
— Ça y est ! Elle est folle !
— Mais si, je t'assure, je l'ai vu !
— Mais qu'est-ce que tu as vu, imbécile ?
— J'ai vu les petits yeux, les petites mains, les petits pieds.
— Mais c'est pas possible ! Faut que tu arrêtes de boire !
— Non, je t'assure ! Viens voir.
L'autre va voir, il regarde et dit :
— Ah... l'imbécile, tu vois pas que tu as chié sur une grenouille ?

☆

C'est Maurice qui veut passer la douane suisse, et le douanier lui dit :
— Arrêtez le véhicule... Ouvrez le coffre que je vois ce qu'il y a dedans...
Alors Maurice ouvre, et il y a deux moutons dans le coffre, dis donc. Le douanier lui demande :
— Mais qu'est-ce que c'est, ça ? Vous vous foutez de ma gueule ? On n'a pas le droit de passer du cheptel !
Maurice réfléchit et se demande ce qu'il va bien pouvoir dire. Il enfile son poing dans le derrière d'un mouton, il rentre l'autre poing dans le derrière de l'autre mouton et dit :
— Ça, c'est mes moufles, et alors ?!

☆

Encore une petite roucasserie. C'est Giscard qui va faire baptiser son petit-fils. Il arrive à l'église de Sainte-Danielle-les-Gilbertes avec le bébé et le tend au père Flavier qui dit :
— Quel est le prénom choisi pour ce cher ange ?
— Louis - Henri - Philippe - Gaétan - Bertrand - Robert-Guillaume - Léonard - Valérie - Hugues - François-Albeeeert.
Le curé se tourne vers l'enfant de chœur et lui dit :
— Bon, ben dépêchez-vous. Je crois qu'on va manquer d'eau bénite.

☆

Ça se passe à midichchch. C'est madame Grinder qui se fait son petit frichtich, une matelote d'anguille au fenouil. Elle est là, tranquille, en train de touiller en écoutant la radio quand on frappe à sa porte :
— Qu'est-ce que c'estchhhh ?
Alors il y a un mendiant, un pauvre mec qui est là et qui fait :
— Soyez charitable, madame. Voilà... J'ai perdu un œil...
— J'ai fait l'ménagechchch : j'peux vous assurer qu'il est pas icichchch.

☆

C'est Guytou et Jean-Xavier qui ne se sont pas vus depuis un bon moment.
— Ça va, Guytou ?
— Oui, et toi, Jean-Xavier ?
— Oh ben moi, ça va... J'ai fait la connaissance d'un garçon charmant. Armand qu'il s'appelle. Un

garçon merveilleux. Il est décorateur aux Trois-Suisses... Il habite un loft magnifique sur le parc Monceau, et hier il m'a invité. Il a fait une petite soirée, un « happening », comme ils disent là-bas. J'avais jamais été à un « happening ». Remarque, c'est très bien. Il y a un buffet, des toasts... Et alors, si tu veux... Bon, on a regardé des vidéos et tout... Et après, ça s'est terminé... On a fait une expérience de sexualité de groupe.
— Oh... J'ai jamais fait ça ! Je sais pas si je serais à l'aise. Ça se passe comment ? C'est comme une partouze, en fait ?
— Ben, si tu veux... Ben écoute, heu... C'est sympa... heu... bon... C'est un genre de partouze. Moi évidemment, ce que j'adore, c'est me faire prendre par derrière. Mais le problème, c'est après, on ne sait jamais qui on doit remercier.

☆

L'Eugène Poulossière a gagné un voyage à Paris, tout ça parce qu'il a fait un concours de mots croisés très difficile. Ah, c'était dur, hein ! Il manquait une lettre et il fallait trouver une capitale. Il y avait : P . R I S. Il a trouvé, l'Eugène : c'était Paris. Alors il part à Paris, et quand il revient à Sainte-Julie-du-Poitou, c'est un peu le héros. Parce que là-bas, il y a longtemps qu'ils n'ont pas été à la Capitale. Alors, ils disent à l'Eugène :
— Alors l'Eugène ! T'as vu Paris, vin diou !
— Ah, j'ai vu Paris et y m'est arrivé des trucs formidables ! A Paris, y'a un monde ! ! ! Y'a des troupeaux de gens. Ça s'compte comme les veaux, tellement y'en a ! Oh là là... Pi j'ai été sur une espèce de grand machin où y'a tous les magasins... Les Champs-Élysées, qu'ça s'appelle ! Et y

m'est arrivé un truc, dites donc... Je montais les Champs-Élysées, et y'a un gars qui sort avec une blouse blanche. Y m'regarde et y fait : « Manu! Manu, manu, manu, manu... » J'me dis : « Ben, y doit s'tromper d'gars. » Le gars recommence : « Manu! Manu manu manu »... Alors j'me dis : « J'vais voir c'qu'y m'veut. » Alors y m'a amené dans une boutique et y m'a nettoyé les mains, l'dessous, y m'a enlevé la corne. Y m'a râpé les ongles et ça m'a coûté cent francs. Mais j'avais les mains impeccables. Ah manu, ça valait le coup! Si vous allez à Paris, les gars, faut faire manu. Je sors de la boutique, je fais trois mètres, y'a un gars qui sort avec une blouse blanche, y m'regarde et y m'fait : « Pédi! Pédi, pédi, pédi... » Alors moi, j'me dis : « Pour une fois que j'viens à Paris, j'ai fait manu, j'vais faire pédi. » Il m'a amené dans une boutique et il m'a dit : « Déchaussez-vous. » Là, il a eu une surprise, le gars; parce que moi, j'me déchausse deux fois dans l'année. Une fois pour la fenaison, et une aut'fois pour les vendanges. Alors, j'ai enlevé mes chaussures, mes chaussettes, y zont ranimé le gars. Y m'a nettoyé le dessous des pieds. Avec une serpe, y m'a enlevé toute la corne et y m'a curé tout ça. Ça m'a coûté cent cinquante francs. Mais si vous allez à Paris, les gars, manu et pédi, faut y aller! Et alors, ça fait-t'y pas trois minutes que j'étais sorti de la boutique qu'y a un gars qui arrive. Habillé en costume, un peu le maire. Y m'regarde et y m'fait : « Omo? » Ah ben j'ai dit hé, hé, j'ai essayé manu et pédi, j'vais essayer « Omo ». Alors là, omo, For-Mi-Da-Ble! Y m'a fait déshabiller, y m'a nettoyé tout le trou du cul et y m'a donné cinq cents francs!

☆

C'est l'histoire d'une pérépa... d'une péripé... d'une pute, quoi! Mais alors, elle est vraiment pas belle. Elle est grosse, elle a les dents cariées, elle est épouvantable. Et quand elle fait le trottoir, ça ne marche pas parce qu'elle est vraiment trop moche. Un jour, il y a un type qui s'approche d'elle et qui lui demande :
— Excusez-moi, madame, mais c'est votre métier ? Vous faites le...
— Ben, parfaitement! Ça fait vingt ans que j' fais ça!
— C'est étonnant, parce qu'on ne peut pas dire, mais... pour certaines professions, il faut le physique. Vous, on ne peut pas dire que vous l'ayez pour ce métier, hein...
— Oh, mais j'suis une professionnelle!
— J'en doute pas, j'en doute pas. Mais vous avez déjà eu des souteneurs ?
— Ah! J'en ai eu cinq! Ils sont tous morts.
— Ah oui, règlements de comptes ?
— Non, ils sont morts de faim.

☆

C'est Ginette qui vient de se marier-aow. Avec Jean-Loup, qui était vachement sapé : il avait loué une queue-de-pie tout en gardant son jean et ses tiags. Et Ginette, elle avait une robe blanche immaculée dans les coins-aow. En fait, c'était une robe noire, vous voyez. Alors, le soir, ils font le repas de mariage avec tous les amis : le docteur Jacquot, madame Grinder, madame Saillard, l'abbé Favier... Ils ont loué un petit hôtel pour la nuit de noces et, évidemment, comme ils ont bien fêté le mariage, ils sont pétés. Jean-Loup rentre à

l'hôtel complètement bourré et, arrivé devant la porte de leur chambre, il dit :
— Oh là là... J'trouve pas le trou...
Et Ginette répond :
— Ça commence bien.

☆

Ça se passe rue des Rosiers, chez madame et monsieur Apfelbaum. Sarah et David Apfelbaum, qu'ils s'appellent. Ils se sont mariés avant de venir en France. Un soir, ils se couchent comme depuis quarante ans de mariage et David dit à Sarah :
— Dis, si on changeait un peu ? Tout le temps on fait pareil. Hein ? Si je passais un peu par derrière pour voir comment ça...
— Ah non ! David ! t'ies fou ? T'ies fou, c'est interdit par la riligion. Le rabbin, il a dit que ça l'est interdite !
— Bon, tant pis, on va faire comme d'habitude.
Et c'est ce qu'ils font, mais allez savoir ce qui se passe, ils restent coincés. Alors ils tapent à la cloison pour appeler les voisins, les Tortellini, maaa qu'est-ce que c'est... Il ne sait pas ce qu'il doit faire, alors il les enveloppe dans une couverture, il les descend dans un taxi et il dit au chauffeur :
— Bon, amenez-les à l'Hôtel-Dieu. Il n'y a que ça à faire.
Le chauffeur dit :
— Moi, j'vous préviens c'est vingt francs du kilomètre, hein ?
Le taxi démarre. Et David est là... Il voit le compteur... Tic, tic, tic... Et il dit à Sarah :
— Bon, écoute, on aurait pu y aller à pied !

☆

Ce sont deux cannibales pour eux-mêmes, mouiii, qui poursuivent un Blanc dans la forêt. Le Blanc, c'est un coureur de cent mètres, un champion. Il court très vite, et il y a un cannibale qui dit à l'autre :
— Ah dis donc, il est ouapide, hein ?
— T'as ouaison. A quelle heure il va nous faire bouffer, ce con ?

☆

C'est le fils de Maurice qui rentre de l'école avec des notes lamentaaables ! Mais alors nulles, nulles ! Alors Maurice lui demande :
— T'as une explication à m'donner ?
Et son fils de lui répondre :
— Ben, j'hésite entre l'hérédité et l'environnement familial.

☆

C'est notre ministre de la Culture, Jack Lang. Il meurt d'une crise cardiaque parce qu'il a croisé un ouvrier dans la rue et qu'il n'en avait jamais vu. Le voici qui arrive au Paradis et qui sonne à la porte.
— Qu'est-ce que c'est ? lui demande saint Pierre.
— Euh... Bonsoir, je suis Jack Lang, le ministre de Culture. Bêeeee... Écoutez voilà, je viens de mourir brutalement, je ne sais pas ce qui s'est passé... D'ailleurs, je viens au Paradis parce qu'on m'a dit que c'était un endroit très kitch, très chébran...
— Quel nom vous dites ?
— Jack Lang, ministre de la Culture.

— Attendez, je regarde. Heu... Ah non, j'ai pas ça. J'ai pas ça sur mes registres.
— C'est insensé! Tout le monde me connaît! C'est moi qui ai organisé la fête du Bicentenaire avec la *Marseillaise* chantée par Jessie Norman! C'était absolument chébran!
— Écoutez, moi j'ai rien, mais je vais demander à Dieu directement. Mon Dieu ?... Excusez-moi de vous déranger, mais Jack Lang, ça vous dit quelque chose ?
Et Dieu répond :
— Oh tu sais, mon p'tit père, j'vais t'dire... Ça fait un moment que je n'ai plus traîné mes nougats sur la Terre, alors je ne suis plus au courant... Mais faudrait p't-être demander à Jésus...
Saint Pierre y va et frappe à la porte de Jésus.
— Heu... Jésus ? Jésus ?... Jack Lang, ça te dit quelque chose ?
— Comment ? Jack est là et je ne suis même pas coiffé!

☆

C'est un représentant de commerce qui va en Allemagne. Il se rend à Munich pour son travail et il dort dans un petit hôtel deuxième classe.
Le lendemain, il se réveille et il fait au patron :
— Putain... J'ai pas fermé l'œil de la nuiiiiit! Avec ces foutus trains, j'ai pas pu dormir! Vous auriez pu dire qu'il y avait une gare derrière!
— Mais il n'y a pas de drains, Mezieu. Ze sont les ouvriers du chantier d'à côté. Ils zont drès bien élevés. Alors chaque fois qu'ils ze passent une brique, ils disent : Danke schön, bitte schön, danke schön, bitte schön, danke schön, bitte schön...

☆

C'est deux putes qui discutent et il y en a une qui dit :
— Tu sais pas la dernièèèèère ? ! J'suis enceiiiinte !
— J'espère que tu connais le père !
— Dis donc, ma grande, quand tu manges une boîte de haricots, tu sais lequel te fait péter, toi ?

☆

C'est un Belge qui fait du deltaplane, et il croise une bonne femme, genre madame Grinder, sur un balai, comme ça, à huit cents mètres d'altitude. Il fait :
— Oh ben ça, alors ! Vous êtes une sorcière ?
— Non, pas du tout, j'étais femme de ménage à Tchernobyl.

☆

C'est une roucasserie qui se passe au Paradis. C'est madame Grinder, madame Leclerc et Ginette qui arrivent au Paradis. Elles étaient dans le même car et elles allaient dans le Poitou juste au moment où... hop ! Elles sonnent donc à la porte du Paradis et saint Pierre vient leur ouvrir :
— Qu'est-ce que c'est ? Ah oui, c'est pour les entrées ? Bon, alors, je vais vous interroger... Alors, vous, là, madame. Heu... Vous avez trompé votre mari ?
— Oh ! Jamais ! Jamaischhh, monsieur l'abbéchhh. J'ai toujours été très croyante et pratiquantechhh. J'allais à la messe quatre fois par jour.

— Bon, ça va, c'est bon. Heu... Entrez au Paradis, là. Et vous, madame Leclerc ?
— Oh, moi, c'est pareil, vous savez. Je suis veuve de guerre et depuis que mon mari est mort, je n'ai plus de vie de femme.
Saint Pierre répond :
— Ouais, ben ça fait un moment ! Écoutez, enlevez les toiles d'araignée et vous pouvez entrer.
Et à Ginette, il dit :
— Et vous ?
— Oh là là, aow ! Moi, j'ai pas été sérieuse, aow. Non, c'est vrai, aow. J'suis restée cinq ans avec Jean-Loup et j'ai pas arrêté de le tromper-aow. Le pauvre, il l'a jamais su, aow. C'est dégueulasse, je m'en veux.
— Bon, ben... prenez cette clé, là.
— C'est la clé de l'enfer ?
— Non, c'est la clé de ma chambre.

☆

Ça se passe dans un village de la jungle africaine, dans une espèce de case qui fait un petit peu bistro. C'est le bar du commerce mais version « mamadou ». Et là, il y a un vieil explorateur qui entre, et il voit qu'il y a un vieux sorcier qui est là et qui prépare une potion. L'explorateur lui demande :
— Qu'est-ce que... Qu'est-ce que vous fabriquez ?
— Ah dis donc, je suis un très grand sorcier, là mouiii. Je prépare une potion là, pour moi-même.
— Un sorcier ? Ça c'est marrant ! Je parcours l'Afrique depuis des années et je n'ai jamais vu de sorcier ! Et qu'est-ce que vous pouvez faire comme miracle, j'sais pas moi, pour me convaincre ?
— Mais je peux faire tout ce que tu veux, mouiii.

Par exemple, je dis un mot maaagique pour toi-même, et alors, tu vas voir, hein, mon vieux, tu vas voir ta zézette, elle va devenir toute longue et toute dure, là mouiii. Un vrai morceau de bois!
— Ça, ça m'étonnerait, parce que ça fait trente ans que c'est le désert, alors!
— Tu vas voir, attends! Je vais dire le mot magique : Jboukoutou!
Et là, effectivement, le pépère, il sent qu'il lui arrive une espèce d'érection! Il est stupéfait :
— Ah, ça alors! C'est extraordinaire! Mieux que quand j'avais vingt ans! C'est formidable!
Le sorcier répond :
— Pour que ça s'arrête, je siffle.
Le sorcier siffle, et, en effet, ça retombe. Calme plat. Le pépère fait :
— On peut pas le refaire?
— D'accord, si tu veux... Jboukoutou!
Et ça revient... Extraordinaire! Là, le pépé prend son revolver et dit :
— Le premier qui siffle, je l'descends!

☆

C'est une famille qui connaît tellement d'histoires qu'ils ne les racontent même plus : ils les ont numérotées. Par exemple ils sont là, assis dans le salon, et le grand-père dit :
— Hééé! J'en ai une belle! 52!
— Ah, pépé, vous nous ferez mourir de rire!
Et la grand-mère fait :
— Moi, j'en ai une excellente! 19!
— Oh, mémé, l'humour que vous avez su garder!
A ce moment-là, il y a le petit garçon qui dit :
— 69!

Le père lui fout une gifle et lui dit :
— T'as pas honte, devant tes grands-parents ?

☆

C'est un jeune paysan qui embauche du personnel pour cueillir les cerises, heu con! Alors il y a un jeune homme très bien qui arrive et qui dit :
— Bonjour, bonjour, bonjour! Je cherche un travail à mi-temps. Ça tombe très bien, très bien, très bien... Ouh, que j'suis contente!
— Bon, ben allez-y, alors. Vous voyez cette rangée? Il faut me cueillir toutes les cerises qui sont dans cette rangée.
Alors, le jeune homme y va mais, apparemment, il ne sait pas très bien y faire. Au bout d'un panier, le paysan lui dit :
— Cré bon gu, les cerises, c'est pas comme ça qu'il faut les cueillir, voyons!! Faut les cueillir avec la queue!
Et l'autre lui répond :
— Ben j'ai déjà tellement de mal avec les mains...

☆

C'est une espèce de mec un peu rude, comme ça, une grosse baraque... Il feuillette un journal où il voit une annonce : « Adhérez au club des dégueulasses. » Pour s'inscrire, ça coûte dix-huit francs. Alors il se dit :
— Moi, j'suis un vrai dégueulasse. On doit s'marrer dans ce club, beuh...
Le mec prend son stylo, se fout de l'encre partout sur son maillot de corps, et il commence à remplir le formulaire. Ça bave de tous les côtés, c'est un vrai torchon. Et il se dit :

— Comme je suis un vrai dégueulasse, j'vais m'moucher dans l'formulaire. Et puis après, j'vais aller aux cabinets et j'vais m'torcher avec le papier.
Une fois qu'il a fait tout ça, il envoie le formulaire. Avec les dix-huit francs, bien sûr. Une semaine après, il reçoit la réponse :
« Cher Monsieur, nous sommes désolés, mais vous ne pouvez pas faire partie du Club des Dégueulasses, car un vrai dégueulasse ne se torche pas le cul. »

Dans un petit village, le curé va voir madame Saillard qui est une femme tout à fait respectable. Elle a eu beaucoup d'enfants et de petits-enfants. Elle raconte au curé :
— J'ai dix-huit enfants. Alors, j'en ai trois qui sont à l'armée, deux autres qui sont mariés...
— Oh! Bravo! Quel travail, madame Saillard! Vous n'avez jamais eu l'occasion de vous croiser les bras, hein ?
— Oh... Les jambes non plus!

☆

Maurice décide d'aller au cinéma voir un film policier. Mais alors, un vrai de vrai. Avec Delon, son borsalino, la clope et tout. Et l'ouvreuse, c'est Ginette. Alors elle le place et Maurice lui dit :
— Je suis désolé, mais je n'ai pas de monnaie.
— Ah bon, c'est comme ça, aow! Eh ben c'est le juge qui a tué!

☆

C'est madame Grinder qui rentre chez ellechhh. Elle a fait ses courses et elle veut passer une soirée télé tranquille. Alors elle rentre, et sous le porche de son immeuble, elle voit deux petits garçons dans l'obscurité et il y en a un qui touche les boboles de l'autre :

— Oh!!! Petits voyous!!! Tu n'as pas hontechhh de tripoter la... enfin, de toucher ton petit camarade ? !

— Mais madame, c'est par superstition que je fais ça !

— Comment ça, par superstition ?

— Ben ouais : mon copain, il s'appelle Dubois.

☆

C'est un monsieur qui va se faire coiffer chez Maurice. Maurice, il est coiffeur, maintenant. Il vient d'ouvrir son salon, et comme il débute, il n'est pas très doué. Un jour, un vieux monsieur se présente. Il lui manque un bras, et Maurice lui demande :

— Alors, c'est pourquoiaaaa ?

— Ben... Vous pouvez pas me faire la barbe ?

— Ouais, j'vais vous faire la barbe.

Alors, il prend le rasoir et clap ! Il lui coupe une oreille.

— Putain... Ça commence bien...

Et il demande au type :

— Excusez-moi, mais vous êtes déjà venu, ici ?

— Non, non, le bras, je l'ai perdu à la guerre.

☆

Une petite devinette : qu'est-ce qui est petit au départ mais qui dans la main d'une femme grossit d'un coup et goutte à la fin ?... Un parapluie, c'est tout !

☆

C'est Maurice et David qui discutent au café et il y a Maurice qui dit à David :
— Putain, si t'y avais six châteaux, par exemple, tu m'en donnerais un ?
— Évidemment, je t'en donnerais un !
— Si t'y avais six voitures, tu m'en donnerais une, alors ?
— Bien sûr, j't'en donnerais une, mon fils.
— Et si t'y avais six chemises ?
— Ah non !
— Pourquoi ?
— Parce que *j'ai* six chemises !

☆

C'est Ginette qui va voir son gynécologue pour se faire opérer parce qu'elle a un problème. Ce n'est pas gênant pour une femme, mais ce n'est pas élégant. Disons qu'elle a le... le sexe qui pendouille. Alors elle va voir le docteur et lui demande :
— Oh là là, aow, vous ne pourriez pas faire quelque chose, aow ? Parce qu'en plus, des fois, ça se coince et c'est embêtant, aowww.
— Ecouteeez, je vais... vous amputeeer, vous égaliser les excroissances. Ça ne vous coûtera que quinze mille francs.
— Oh là là ! Mais c'est pas possible, aow ! C'est pas

possible, j'suis manutentionnaire à Viniprix. J'peux pas, aow, j'ai pas d'argent!
— Écoutez, à ce moment-là, on va vous faire l'opération plus simple, à dix mille francs.
— Non non, faites-moi vraiment ce qu'il y a de moins cher. Je me fous de la chambre, mais vous me faites l'opération, je rentre chez moi le soir et on n'en parle plus, aowww...
— Écouteeeez, d'accord.
Elle se fait donc opérer et, après l'opération, elle se réveille dans une chambre magnifique avec la télé couleur et un énorme bouquet de fleurs sublimes. Quand elle voit ça, elle appelle l'infirmière et lui dit :
— Mais j'avais pas commandé tout ça, moi, aow!! Ça va me coûter cher!!
L'infirmière lui répond :
— Ne vous inquiétez pas, ça ne vous coûtera absolument rien. Regardez, il y a une carte dans le bouquet de fleurs.
Ginette prend la carte et lit : « Merci pour les nouvelles oreilles. Nicky Lauda. »

☆

C'est madame Grinder qui m'a raconté cette histoire, parce que madame Grinder est caissièrechhh dans un bar rue Sainte-Anne. C'est un lieu de rendez-vouschhh pour les homosexuelschhh, un endroit très mignon qui s'appelle « Au Chat qui Brode ». Et puis, comme clientèle, il n'y a que des jeunes gens bien élevés. Là, vers sept heures du soir, il y a Guytou et Jean-Xavier qui arrivent :
— Bonjour bonjour bonjour!
— Alors, qu'est-ce que je vous serschhh ?
Guytou répond :
— Eh ben moi, ce sera un curaçao avec une cerise piquée dedans.

Et Jean-Xavier demande :
— Pour moi une verveine, mais bien frappée.
Alors ils sont là, ils prennent leur petite consommation, et au bout d'un moment Guytou dit :
— Oh, je ne sais pas si c'est le dégradé de courgettes qu'on a mangé à midi, mais alors!... Mais alors! J'ai une envie de faire... J'ai une flatulence qui arrive et je ne peux pas me retenir!
Et il balance une louise, mais une louise énooorme!!! Alors Jean-Xavier lui dit :
— Ben dis donc, t'as pas digéré ?! Remarque, moi, c'est pareil. C'est le clafoutis qu'on a eu après, au dessert. Je suis comme toi! Il faut que j'en balance une moi aussi!
Et il lâche une louise énorme!!! A côté d'eux, il y a un routier qui s'est probablement trompé d'établissement. Il est là et il se dit :
— J'sais pas si c'est la gamelle de c'midi, mais j'suis un p'tit peu dérangé.
Et le routier de balancer un tout petit pet. Ça fait juste « pouf ». Alors là, Guytou et Jean-Xavier le regardent et lui disent :
— Alors, puceau ?

☆

C'est madame Grinder qui balaye devant sa porte et madame Saillard lui dit :
— Bonjour!! Mais qu'est-ce qu'il a, votre chat ?! Il court partout! Il court dans l'escalier, il monte sur le toit, il fait le tour de la maison.
Alors, madame Grinder lui répond :
— Je l'ai fait castrerchhh.
— Et alors ?
— Et alors, il annule tous ses rendez-vous!

☆

Après les épreuves du bac, un jeune Corse rentre chez lui et son père lui demande :
— Alors, le bac ?
— Tu vas être fier de moi, papa !
— Ah ! Ça a bien marché ?
— Vouais ! Ils m'ont interrogé trois heures et je n'ai rien dit !

☆

C'est deux pépés qui discutent et il y en a un qui dit :
— T'as été prisonnier, toi, Marcel, pendant la guerre ?
— Ah ben, j'comprends que j'ai été prisonnier, mais j'me suis évadé !
— Comment qu't'as fait ?
— J'avais volé un marteau, j'me suis caché dans un hangar. Y'a la sentinelle allemande qui est passée et j'lui ai foutu un coup de marteau sur la gueule ! Il a crié ! Mais il a crié !! Et toi, tu t'es évadé ?
— Ben moi, j'ai essayé... Figure-toi que je m'étais déguisé en sentinelle allemande et que j'ai reçu un coup de marteau sur la gueule...

☆

C'est Ginette qui est devenue infirmière volante. C'est-à-dire qu'elle distribue les piqûres à domicile, à la campagne, et qu'elle fait ses tournées à vélo. Un jour, elle va faire une piqûre à Eugène Poulossière qui a un taux de cholestérol dont on ne parle même pas... Alors elle arrive et elle lui dit :

— Bonjour, l'père Eugène, c'est pour la piqûre, aow.
Elle gare son vélo dans la cour de la ferme et l'Eugène lui dit :
— Eh ben dites donc, il a l'air fatigué, votre vélo ! Y serait p't'être temps de changer de machine !
— Oh vous savez, aow, si vous étiez huit heures par jour comme lui entre mes jambes, vous aussi vous seriez fatigué, aow !

☆

C'est deux Sénégalais qui sont sur le pont Alexandre-III et c'est l'été à Paris. Les deux Sénégalais sont en train de faire pipi dans la Seine, et comme ils ont des grosses... enfin, il paraît, il y en a un qui dit :
— Ouh là là ! Ouh là là ! Dis donc, présentement, elle est froide, hein ?
Et l'autre lui répond :
— Mouiii, t'as raison, et en plus, elle est profonde !

☆

C'est un petit garçon qui se promène avec le père Favier dans les rues d'un village, et le père Favier est en train de l'évangéliser. Il lui dit :
— Tu verras, Dieu est bon, mon petit. Jésus aussi est bon...
A un moment, ils passent devant une maison où une bonne femme est en train de nettoyer ses carreaux, mais elle a malheureusement oublié de mettre une petite culotte, et le petit garçon demande au père Favier :
— Hé, mon père ! C'est quoi qu'elle a là, la dame ?

— Eh bien... Offf... Heummmm... Eh bien vois-tu, mon fils, c'est l'œil du Seigneur.
— Ben putain, il a de gros sourcils, hein!!!

☆

Il y a une énorme manif place de la Nation où six cent mille personnes hurlent : « On veut du travail! On veut du travail! » Et là, une Rolls s'arrête et il y a un PDG, un genre de Bernard Moquette, qui descend et qui dit :
— Bon, très bien, il faut faire quelque chose. Vous voulez du travail? Vous, monsieur, je vous en donne...
Et le type fait :
— Putaing, on est six cent mille ici et il a fallu que ça tombe sur moi...

☆

C'est la maman de Ben Johnson, le fameux athlète légèrement coloré qui, paraît-il, se dopait. Sa maman habite un petit pavillon et elle a un petit coin potager où elle fait pousser des salades, des carottes, et tout ça... Un matin, elle arrive, et qu'est-ce qu'elle voit sur la table de sa cuisine? Des pommes de terre géantes, des tomates énormes comme des ballons... Alors elle appelle son fils et elle lui dit :
— Inutile de nier! Tu as encore été pisser dans le jardin!

☆

C'est Douchka qui va chez son dentiste parce qu'elle a mal aux molaires. Et le dentiste extrait de ses gencives des copeaux de bois. On en déduit donc qu'elle est la maîtresse de Pinocchio...

☆

Un monsieur entre dans un magasin de chaussures et c'est Ginette la vendeuse. Le monsieur est un peu bizarre et lui dit :
— Bonjour, mademoiselle. Je voudrais des chaussures.
— Oui, quel genre, aow ? Chaussures de ville ? Chaussures de sport ?
— Ben des chaussures de ville normales. Mais il y a un truc. Je chausse du quarante-cinq et je voudrais du quarante.
— Du quarante ? Mais vous n'allez pas pouvoir rentrer dedans, aowww !
— Si si, je forcerai un peu. On va se débrouiller.
— Comme vous voudrez, mais je vous aurai prévenu, aow !
Effectivement, le mec a bien du mal à enfiler ses pompes... Il force tant qu'il peut... Bref, quand il arrive à mettre ses chaussures, il se lève pour payer et se met à boiter horriblement. Alors Ginette lui dit :
— Mais ce n'est pas possible, aow ! Vous n'allez pas pouvoir marcher ! Pourquoi vous faites ça, aow ?
— Écoutez, j' vais vous dire, j'ai eu un contrôle fiscal. Le même jour, j'ai appris que mon fils était homosexuel, que ma fille se droguait, et ma femme s'est barrée avec le concierge. Alors maintenant, quand je rentre chez moi, le soir, je n'ai plus qu'un plaisir : c'est d'enlever mes chaussures et de me détendre.

☆

C'est Ginette qui va voir le docteur et qui lui dit :
— Oh là là, docteur, je ne sais pas ce que j'ai...
— Écouteeez, veuillez m'exposer les symptômes clairement et de manière concise.
— Comment dire, aow ? J'ai le minou qui me picote.
— Eh bien allongez-vous, je vais vous examineeeer... Ah... Ça oui, en effet, c'est une salpingite.
— D'où ça vient ça, aow ?
— Ça vient du grec, mademoiselle.
— Ah, le salaud ! Je m'en doutais !

☆

C'est l'histoire d'un jeune homme un petit peu mode, très précieux, très raffiné. Il s'appelle Jean-Xavier. Un jour, il se présente chez le docteur Jacquot et lui dit :
— Écoutez, docteur, je viens vous voir parce que je n'ai pas le moral. J'ai fait un régime qui m'épuise. Vous savez, c'est l'âge où il y a un retour de manivelle... La cellulite, tout ça...
Alors le docteur Jacquot lui répond :
— Écouteeeez... Qu'est-ce qui ne va pas ? Dites-moi touuuuut !
— J'arrive bientôt à la quarantaine et puis... la vie m'a apporté bien des joies, mais il y a qu'une chose que je regrette, et peut-être que vous pouvez faire ça pour moi, docteur... Mais vous savez que dans notre corporation, nous ne pouvons pas avoir d'enfant, alors que j'ai toujours, toujours rêvé de ressentir un jour les douleurs de l'enfantement. C'est la seule chose que je ne peux pas connaître et j'aimerais que par la magie de la médecine vous me fassiez ressentir les douleurs de l'enfantement. Bien sûr, je suis prêt à payer le prix qu'il faudra.

— Écouteeeez, heu... Venez me voir demain dans ma clinique... Je crois que j'ai une idée!!!
Effectivement, le lendemain, Jean-Xavier va à la clinique et le docteur Jacquot lui dit :
— Vous allez voir, je vais vous faire un traitement et vous allez très exactement ressentir les douleurs de l'enfantement. Madame l'infirmière-chef va s'occuper de vous.
L'infirmière-chef, c'est madame Grinder. Le lendemain, elle va voir le docteur et lui dit :
— Oh, docteurchhh! Je ne sais pas ce que vous avez fait, mais alors, ça marchechhhh. C'est miraculeux! Vous savez, le malade qui est entré hierchhh, il n'arrête pas de se tordre sur son lit en disant : « Je vais accoucher! Je vais accoucher! » Mais qu'est-ce que vous lui avez fait?!
— Écouteeeez, c'est une méthode nouvelle. Je lui ai administré une purge et je lui ai cousu le trou du cul.

☆

Ce sont deux homosexuels qui vont voir un film sur les Champs-Élysées, un film qui s'appelle : *Dieu a besoin des hommes*. Et il y en a un qui dit :
— Tu vois! Lui aussi!

☆

C'est madame Grinder qui est à la gare et qui a un peu de temps à perdre avant de prendre son train. Elle monte sur une balance, une balance électronique tellement moderne qu'elle parle. Et la machine lui dit :
— Revenez dans un quart d'heure, mais seule!

☆

Ça se passe chez Eugène et Fernande Poulossière. La Fernande, elle va pas bien. Elle est même sur le point de mourir et Eugène se fait du souci :
— Ça va-t'y pas, ma Fernande ?
— Ah, l'Eugèeeeene, j'sens qu' j'passe l'arme à gauche, cré vin diou..
— Tu peux pas m'faire ça, ma Fernande !
— Eugèeeene, j'vais mourir... Tu voudrais pas tantôt m'faire un dernier plaisir, avant que j'meure...
— Ben, comme tu voudras, j'peux pas r'fuser ! Qu'est-ce qui te ferait plaisir, ma Fernande ?
— Eugène, depuis quarante ans qu'on est mariés, on a toujours fait l'amour « papa-maman », pareil qu'des bestiaux. Jamais on l'a fait comme qu'y font à Paris, jamais qu'on a fait l'amour de l'autre côté, mon Eugène...
— Ben, ma Fernande, c'est p't'être pas l'moment ! T'es en train d'agoniser...
— Oh, ça m'ferait tant plaisir de connaître ça avant de mourir...
Bon... Il peut pas lui refuser, alors il y va courageusement et la Fernande se sent tellement mieux après ça qu'elle lui dit :
— Oh ben, mon Eugène, je sais pas ce que j'ai, mais j'suis toute requinquée. J'me taperais ben des huîtres et du champagne ! Ooooh pi, je me lèverais ben et je me ferais une bonne potée. Ah.. Ça va mieux, j'suis guérie !!!
— Mais ça c'est vrai qu'elle est guérie, ma Fernande ! Quand j'pense que l'année dernière, si j'avais su, j'aurais pu sauver papa !!!

☆

C'est madame Grinder qui fait ses commissions avec son petit-fils, et elle est entrée acheter un vol-

au-vent dans une pâtisserie. Le petit est dehors, il l'attend, et qu'est-ce qu'il voit ? ! Deux chiens qui se montent dessus et qui jouent à la « lune qui pète ». Alors le petit dit :
— Mémé !... Mémé !... Viens voir ! Y'a un chien qui monte sur l'autre ! Pourquoi ?
— Je vais t'expliquer, mon chérichhh... Le chien qui est dessus, il a perdu sa route, alors celui qui est en dessous, il lui a dit : « Moi je sais où tu habites, alors tu montes sur mon dos et je vais te ramener à la maison. »
— Eh ben ! ! ! Si on peut plus donner un renseignement sans se faire enculer, maintenant !

☆

C'est l'histoire d'un type qui sort pour faire ses courses. Il habite un quartier un peu chaud et là, derrière lui, il y a un gros Africain qui lui dit :
— Dis donc, là, dis donc, tu me donnes ton pognon !
Le type n'a pas le temps de bouger qu'il prend un coup de couteau dans le dos. Il essaye de s'enfuir avec le couteau planté dans le dos, mais il se fait écraser par un camion. Il rampe sur le trottoir, et là, il y a des déménageurs qui lui font tomber une armoire sur le coin de la gueule. Il est dans un état ! Alors il y a un petit vieux qui se pointe et qui lui dit :
— Ooooooh !... Ça vous fait mal ?
Et le type répond :
— Non, seulement quand je rigole.

☆

C'est Krasucki qui vient de mourir et qui arrive au paradis. Il sonne à la porte et saint Pierre vient lui ouvrir :
— Ouais, qu'est-ce que c'est ?
— Alors, voilà... Alors j'viens de mourir parce que y'a eu... On a...
— Ouais, bon... C'est quoi, votre nom ?
— C'est Henri... Henri Krasucki... Mais y'a...
— Ah non, non, non ! Le paradis, non, pas possible ! Non, c'est pas possible, parce qu'on a eu des plaintes. Il paraît que vous n'avez pas arrêté d'emmerder un type qui s'appelle François Mitterrand. C'est pas bien, ça. Je regrette, mais c'est l'Enfer.
— Mais moi, si... Bon, alors y'a qu'à...
Alors Krasucki arrive en enfer, il sonne, et là le Diable vient lui ouvrir et lui dit :
— Qu'est-ce que vous voulez ?
— Ben là, il paraît que je dois...
— Oui, effectivement.
Et paf ! On le fout en enfer. Au bout d'une semaine, le Diable téléphone à saint Pierre et lui dit :
— Dis donc, tu ne peux pas venir le récupérer ?
— Pourquoi ?
— Parce que depuis qu'il est là, il m'a fait fermer trois fours !

☆

Ginette et Josie ont l'habitude de se retrouver dans un petit café des Halles pour se raconter leurs malheurs. Un jour, Josie demande à Ginette :
— Il est comment, ton mec ?
— Oh là là, mon mec il est super gentil, aow ! Tu peux pas savoir ce qu'il est gentil, aow ! Le week-end dernier, il est arrivé à la maison avec un gros

bouquet de fleurs. J'savais pas comment le remercier, alors j'me suis dit : « Oh... va falloir que j'écarte les jambes. »
— Pourquoi, t'as pas de vase ?

☆

C'est madame Grinder qui sort du cinémachhh. Elle a été voir en matinée *la Vie de sainte Josie des Stigmates*. C'est un très beau film, vous savezchhh... Elle sort donc du cinéma, et là il y a un sondeur, un monsieur qui pose des questions à la sortie des films et qui lui demande :
— Madame, que pensez-vous de la sexualité au cinéma ?
— Oh, vous savez, moi, je me mets au premier rang et je m'occupe pas de ce qui se fait dans la salle !

☆

C'est Ginette qui va chez le docteur Jacquot parce qu'elle flippe, elle spleen, elle flashe. Bref, ça va pas du tout, aow, et le docteur lui dit :
— Écouteeez, allongez-vous. Je vais vous ausculter.
Et là, il s'aperçoit que Ginette est bien roulée, alors il lui demande :
— Écouteeez, comment est-ce que vous me trouvez, comme mec ?
— Vous êtes pas mal, aow.
— Est-ce que vous me permettez de... crac-crac ?
— Vraiment, docteur, c'est pas sérieux, aow !
— Mais si vous ne bougez pas, il n'y en a pas pour longtemps !

Alors il se jette sur elle, la passe à saute-mouton et il lui dit :
— Poisson d'avril !

☆

Le docteur Jacquot est parti faire une consultation à la campagne et, là, il rentre sur Paris. Le voilà pris d'un besoin urgent de faire pipi, mais c'est la nuit et il ne sait pas très bien où il est. Il s'arrête devant une ferme pour faire pipi et là, une espèce de bavure épouvantable se produit : il se coince la zigounette dans une trayeuse électrique et il n'arrive pas à s'en sortir. Alors il crie au secours, puis une paysanne sort et lui dit :
— Ne vous inquiétez pas, c'est prévu pour s'arrêter tout seul au bout de dix litres !

☆

Vous connaissez la différence entre Madonna et une pompe à essence ? Eh bien il n'y en a pas : parce que le bas c'est super, le haut c'est ordinaire, et dans la tronche, c'est sans plomb.

☆

C'est l'anniversaire de mariage de Maurice, alors il dit à sa femme :
— Ma chérie, qu'est-ce qu'on fait, ce soir ?
— On pourrait dîner aux chandelles.
— Où ça ? J'connais pas. C'est quel restaurant, ça ?
— Mais non, aux chandelles, c'est romantique. On

pourrait se regarder dans les yeux et se rappeler de notre jeunesse. Après, aussi, j'aimerais bien aller au cinéma...
Alors ils vont manger dans un petit restaurant très sympathique puis ils vont voir jouer un film d'amour torride, un peu comme *le Facteur sonne toujours deux fois,* avec Jack Nicholson et Jessica Lange. Mais Maurice n'est pas très romantique et s'emmerde un peu pendant le film. Par contre sa femme a adoré, et quand ils sortent elle lui dit :
— Maurice, Mauriiiice, pourquoi tu ne m'aimes pas comme Nicholson aime Jessica Lange ?
— Putain : tu sais combien il est payé pour faire ça, lui ? ! ! !

☆

Ginette a enfin trouvé un boulot stable. Elle est secrétaire particulière, aow. Au début, ça ne s'est pas très bien passé : c'était l'anniversaire du patron, aow, et elle a essayé de mettre le gâteau dans la machine pour écrire « Bon Anniversaire ». Bref, elle fait que des conneries, mais après c'est allé mieux. Son patron, c'est Maurice. Il fait de l'import-export, et ça va, il est content de sa secrétaire. Un jour, il organise un barbecue et il invite tout le personnel. Il propose même à Ginette de venir avec son fiancé, mais elle a peur, parce que chez son directeur c'est un peu la haute société, et ça craint parce que Jean-Loup est un peu vulgaire. Elle lui dit :
— Jean-Loup, écoute, fais un effort. Non, déconne pas, mets pas les tiags, aow. Tiens-toi bien, et surtout ne raconte pas d'histoires dégueulasses. Je t'en supplie, aow.
— Ben quoi, j'sais m'tenir, ta !
Ils arrivent au barbecue et en effet c'est très huppé.

Il y a monsieur et madame Chirac qui sont venus croquer une petite merguez, il y a Jack Lang et Monique qui sont venus pour le taboulé, et au bout d'un moment, le vin aidant, tout le monde raconte une petite histoire, mais... avec classe. Et Jean-Loup dit :
— Haiii, j'peux vous poser une petite devinette ?
Alors Ginette lui dit :
— Arrête, déconne pas...
— Quoi ! C'est correct ! C'est une devinette qui est tout ce qu'il y a de correct ! ! Alors écoutez-moi bien : qu'est-ce c'est qui fait vingt centimètres de long et qui fait rougir une femme de plaisir quand on lui met dans la main ?
Alors tout le monde cherche mais personne ne répond.
— Vous savez pas ? Ben je vais vous l'dire ! C'est un billet de cinq cents francs.
Tout le monde rigole et alors Jean-Loup crie à Ginette :
— T'es drôlement baisée ! T'as cru que j'allais dire une bite, hein ? ! !

☆

Ce sont deux pilotes belges qui volent au-dessus de l'Irak et qui se font attaquer par l'aviation irakienne. Comme leur avion commence à prendre feu, l'un des deux Belges dit à l'autre :
— Ah, mais c'est affreux, une fois !
— La-la-la-la-lère, lui répond le copilote.
— Mais comment tu peux chanter alors que l'avion est en flammes ! ? On dirait que tu t'en fous !
— Bien sûr, que je m'en fous. De toute façon, j'ai oublié mon parachute, alors...

☆

Ça se passe dans le petit village de Sainte-Julie-du-Poitou, dans la chapelle, et il y a le père Favier qui confesse les ouailles. Trois Ginettes arrivent et il dit à la première :
— Approchez, ma fille.
— Voilà, mon père, c'est difficile à dire, aow, mais hier... si vous voulez... j'ai touché la zézette... j'ai touché le kiki du pharmacien. C'était pour jouer, aow !
— Oui, mais c'est très vilain, alors puisque vous avez touché la... le... alors donc, vous irez vous tremper la main dans le bénitier.
Puis la deuxième Ginette arrive et elle dit :
— Bonjour, mon père. Ben moi, hier, c'était avec le fils d'Eugène Poulossière, on jouait dans l'foin et pi j'y ai touché la zigounette...
— C'est très vilain, ma fille. Eh bien, puisque vous aussi vous avez touché la... le... vous irez vous tremper la main dans le bénitier.
Et là, la troisième Ginette qui est avec Jocelyne arrive et dit :
— Dites, mon père, j'ai vu comment ça fonctionne. Est-ce que je peux aller me rincer la bouche tout de suite avant que Jocelyne aille se laver le cul ?

☆

Ça se passe dans un sauna où le docteur Jacquot va régulièrement. C'est très bon pour les pores. Il est là, nu dans la vapeur, et qu'est-ce qu'il voit à deux mètres de lui, également nu ? Un magicien célèbre. Le docteur Jacquot se rapproche de lui et lui dit :
— Écouteeez, il me semble que je vous connais...
— Oui, effe'tivement... Pitêt vu à la télévision.

Oui, hi hi hi... Décontrasté, hi hi hi...
— Écouteeez, c'est extraordinaire, je ne loupe jamais une de vos émissions. Écoutez, est-ce que vous pourriez pas me faire un petit tour de magie ?
— Mais c'est embêtant, p'ace que, hi hi hi... on est nus tous les deux, j'ai pas le matériel, hi hi hi...
— Vous ne pouvez pas faire quelque chose avec, je ne sais pas... Euh... sans matériel ? Ça me ferait tellement plaisir !
— Ben je peux pas, vous comprenez, on est à poil...
— Écouteeeez, ça me ferait tellement plaisir !
— Bon, alors je veux bien faire un tour de magie, mais pour que ça marche, il faut que vous vous mettiez à quatre pattes.
— Écouteeez, si c'est vraiment nécessaire...
— Ça y est, vous êtes à quatre pattes ? Bon, et pour que le tour réussisse, il faut que... je m'excuse, mais sinon, le tour il ne marche pas, hi hi hi... Il faut que je vous mette un doigt dans le derrière.
— Écouteeez... S'il n'y a pas moyen de faire autrement...
— Eh non, sinon, le tour, il ne marche pas !
— Bon, ben, allez-y alors...
— Bon, ça y est. Alors, vous ressentez mon doigt, là ?
— Euh... Oui, je le sens. Oui, oui. Bon, et alors ?
— Bon, vous sentez mon doigt ? Et pourtant, voilà mes mimines !

☆

C'est madame Grinder qui a décidé de gâter son petit-fils parce qu'il a eu dix en catéchisme. Alors elle lui demande :
— Qu'est-ce qui te ferait plaisir, mon chérichhh ? Et puis elle s'aperçoit en fait qu'il lui manque un

costume neuf, alors elle l'emmène chez le tailleur. Et elle dit à Maurice :
— Ce serait pour un costume pour le petitchhhh. Je voudrais quelque chose de sport, vous voyez, en tweed, avec un pantalon bien court.
L'autre a quinze ans, ça l'emmerde un peu, mais bon. Alors Maurice dit :
— Bon, on va essayer le pantalon, c'est ce qu'il y a de plus difficile pour qu'il tombe bien.
Le petit-fils regarde le pantalon et dit :
Heu... Mamie, pourquoi mon pantalon il a que trois boutons à la braguette alors que papa il en a dix ?
— Oh ! Bon, mon chérichhh... Comment dire ?... Eh bien si tu veux, ton papa est plus âgé que toi, alors... Pour dire la vérité chhh, ça ne sert à rien de mentir... Il a un zizi beaucoup plus gros que le tienchhh...
A ce moment-là, il y a un curé qui passe en soutane devant le magasin et le garçon dit :
— Oh putain ! Celui-là, ça doit être quelque chose !

C'est Ginette et Jean-Loup qui vont aux courses. Mais c'est surtout Jean-Loup qui est un turfiste enragé. Alors il achète le journal et dit à Ginette :
— Bon, ma chérie tu sais ce que tu vas faire ? Tu vas aller à la caisse et tu vas jouer Une de Mes Deux dans la troisième.
— Bon d'accord. Donne-moi les sous, aow.
Elle part et, quand elle revient, Jean-Loup lui dit :
— Alors, tu as fait c'que j't'ai dit ?
— Écoute mon chéri, ne te fâche pas mais j'ai joué Fleur du Poitou.
— Mais t'es conne, ou quoi ? C'est un tocard ! Mais qu'est-ce qui t'a pris ?
— Ben, écoute, je suis allée à la caisse et je voulais jouer Une de Mes Deux, mais j'ai rencontré un mec avec une casquette. Il avait l'air de s'y connaître et il m'a dit de jouer Fleur du Poitou.
— Oh là là ; mais quelle conne ! C'est pas possible !
La course démarre, et effectivement, Fleur du Poitou est dans les choux. Jean-Loup est furieux :
— Quelle conne ! Quelle conne !! Bon, on va se rattraper dans la septième. Tu vas me jouer Ourazi.
— Oui, mon chéri, aowww.
Ginette part à la caisse et, quand elle revient, Jean-Loup lui demande :

— T'as fait c'que j't'ai dit ?
— Non, j'ai joué Nouilles au Beurre.
— Mais qu'est-ce que tu fous ! ! ! J't'avais dit de jouer Ourazi !
— Ben j'ai rencontré le mec avec la casquette. Il avait l'air de s'y connaître et il m'a dit que Nouilles au Beurre...
— Oh, c'est pas possible ! Ce qu'elle est con, cette gonzesse ! ! !
La course démarre et, effectivement, Nouilles au Beurre fait avant-dernier ! Alors là, Jean-Loup n'en peut plus.
— Quelle conne ! Mais quelle conne ! C'est malin ! On n'a plus une thune, maintenant ! Ah si, tiens, si, il me reste dix balles. Bon, ben, ma chérie, tu vas au buffet et tu me ramènes un sandwich au jambon. Au jambon, compris ?
— Oui, mon Jean-Loup, te fâche pas, aowww...
Elle y va et revient. Elle lui donne le sandwich et il dit :
— Mais c'est un sandwich au gruyère !
— Ouais, mais j'ai rencontré le mec avec la casquette...

☆

Maurice a un grand fils. Il le voit toujours en train d'écrire, alors il lui dit :
— Putain, qu'est-ce que tu fais ? Tous les soirs, tu rentres et t'y écris, t'y écris, t'y as l'air rêveur, t'y es pas là... à qui t'y écris ?
— Papa, je suis amoureux ! J'suis amoureuuuux, papa ! Tu t'rends compte, elle habite pas la même ville. Moi, j'habite Paris et elle, elle habite à Saint-Julien-du-Poitou. On se voit jamais. Alors je lui écris.
— Tu ne devrais pas lui écrire tout le temps. Quand

j'étais jeune, hein, j'étais amoureux d'une fille, et pendant un UN AN j'lui ai écrit tous les jours!
— Et alors ?
— Et alors, elle s'est tapée le facteur!

☆

Madame Grinder se fait faire un lifting. Elle a entendu dire que ça faisait beaucoup de bien. Quand elle se réveille, elle demande un miroir et elle fait :
— Oh!... Oh... c'est très bien, docteur! Oh, c'est surprenant. C'est vrai que je suis plus mignonne! Regardez, avant, je n'avais pas de fossette sur le mentonchhh, et maintenant, j'en ai unechhh...
— Non non : ça, c'est votre nombril.

☆

Ça se passe dans un couvent. La Mère Supérieure réunit toutes les sœurs parce qu'elle n'est pas contente.
— Mes sœurs... Je suis très en colère et je vais prendre des sanctions. Je supprime le goûter! Vous savez pourquoi ? Cette nuit, j'ai la preuve qu'un homme s'est introduit dans la cellule d'une d'entre vous!
Alors toutes les sœurs font :
— Oooh!!!...
Et il y en a une qui fait :
— Hé hé hé hé...
La Mère continue, rouge de colère :
— Cet individu lubrique a même utilisé un préservatif!
Toutes les bonnes sœurs font :
— Ooooh!...
Et il y en a une qui fait :
— Hé hé hé hé...

— Et comble de tout, le préservatif était troué!
Là, toutes les bonnes sœurs font :
— Hé hé hé hé...
Et il y en a une qui fait :
— Ooooh!...

☆

C'est l'Eugène Poulossière qui transporte des légumes entre le Poitou et la banlieue parisienne. Il est là, au volant de son camion, et tout à coup il entend à la radio :
— Voici un flash de dernière minute. Des extraterrestres se sont posés sur la Terre. Ils se sont même posés en région parisienne, alors les consignes du gouvernement sont très strictes. Ne vous affolez pas, il faut d'abord apprendre à les identifier. Ils sont très petits, ils portent des costumes blancs, et ils parlent quand même relativement bien notre langue.
Eugène se dit :
— Oh ben cré bon gu, alors ça, c'est extraordinaire! Ben, mon vieux!
Il roule, et subitement, dans la lueur des phares, il aperçoit au loin, sur la route, derrière un buisson, une tête qui dépasse. Celle d'un petit homme avec un costume blanc.
— Oh, ça c'est un extra... un extra... Merde alors! Oh ben, j'm'arrête et j'vas y causer.
Il descend prudemment du camion, il s'approche tout doucement du buisson et il dit au petit bonhomme :
— Bonjour, n'ayez pas peur. Ayez pas peur, je suis Terrien, j'm'appelle Eugène Poulossière et j'suis routier.
— Moi, je m'appelle Albert, je suis infirmier et j'aimerais bien pouvoir chier tranquille!

☆

C'est François Mitterrand qui visite une usine d'emballage de foies gras dans le Poitou, et on lui montre comment ça se passe :
— Eh bien vous voyez, monsieur le président, les oies arrivent dans ce couloir, elles passent dans un tuyau où elles sont plumées, essorées, lessivées, et elles ressortent en boîtes. Une installation ultra-moderne...
Tout à coup, François Mitterrand se tourne vers le directeur de l'usine et lui demande :
— Vous n'auriez pas un ouvrier qui s'appelle Eugène Poulossière ?
— Mais certainement, monsieur le président...
— J'aimerais bien le voir.
Consternation générale. Le directeur n'en croit pas ses oreilles, mais il demande qu'on aille chercher Poulossière. Et là, François Mitterrand se déride et crie :
— Eugène !!! Aaaah !!! Mon vieil Eugène ! Tu te rappelles ce qu'on a déconné, pendant la guerre ?!
— Ben sacré bon gu d'Françoé ! Ah ça alors ! T'as bien réussi, hein ? Saligaud, va ! Des fois, j'te vois l'soir à la télé, cré vin diou !
Après le départ de Mitterrand, le directeur fait convoquer l'Eugène et l'interroge :
— Mais enfin, vous connaissez le président de la République ?!
— Ben j'pense bien ! Ça alors, j'le connais même très ben ! Si j'vous disais tout c'qu'on a fait ensemble...
Quinze jours plus tard, c'est Margaret Thatcher qui est en déplacement officiel et qui va visiter la même usine d'emballage.
— Vous voyez, les oies arrivent dans ce couloir, on leur tranche la tête et...
— Est-ce que vious auriez toujours chez vious un ouvrier qui s'appelle Eugène Pioulossière ?

— Mais bien sûr, madame. On va vous le chercher tout de suite.
A peine arrivé, l'Eugène s'exclame :
— Cré vin diou d'Maguy! Tu t'rappelles quand t'avais un coup dans la cornette, tu montais sur la table et tu nous chantais « Pou Pou Pidou » ? Sacré bon gu de Maguy, va!!!
— Eugène! Comment vas-tiou ?
— Ben viens que j't'embrasse, ma grosse!
Alors là le directeur lui dit :
— Mais enfin, ce n'est pas possible. Vous connaissez Mitterrand, vous connaissez Thatcher...
— Oh ben, j'pense ben. Tin, j'connais même le pape.
— Écoutez, alors ça, je veux en avoir le cœur net. On prend l'avion et on va à Rome.
Ni une ni deux, le directeur part avec l'Eugène et les voilà sur la place Saint-Pierre. Alors l'Eugène dit à son patron :
— Bon, attendez-moi là. J'vais lui dire bonjour.
Un instant après, Eugène Poulossière apparaît sur le balcon à côté du pape.
En bas, sur la place, le directeur n'en croit pas ses yeux : l'Eugène est en train d'embrasser Jean-Paul II. Et à ce moment-là, dans la foule, il y a un touriste belge qui lui demande :
— Mais dites donc, qui c'est le mec en blanc à côté de Poulossière, une fois ?

☆

Connaissez-vous la différence entre un taureau et un roi ? Eh bien le taureau est un sacré veinard : il peut entrer tout entier dans l'arène.

☆

Ça se passe à New York, dans la quatrième dimension. William Hurt est voyageur représentant de commerce. Un soir, il arrive fatigué dans le Bronx et il cherche une chambre. Il frappe à la porte d'un hôtel et le patron lui demande :
— Qu'est-ce que c'est, pour lui-même ?
— Bonjour monsieur, je suis VRP et j'ai voyagé toute la nuit. Est-ce qu'il vous reste une chambre ?
— Ah non, non ! Ah non, présentement, ici c'est réservé aux gens de couleur. Si vous n'êtes pas noir, vous ne pouvez pas louer une chambre. Impossible !!
— Écoutez, je suis vraiment très fatigué...
— Non, non ! Rien à faire !
Mais William Hurt est malin. Il est représentant en cirages domestiques. Il sort dans la rue, se met un peu de cirage sur la figure et sur les mains, puis il retourne à l'hôtel et prend l'accent noir américain :
— Hey, mec ! Est-ce qu'il y aurait une chambre, présentement ?
— Mais bien sûr, pour vous-même. Pas de problèm'.
Alors William Hurt va dans sa chambre et dit au patron :
— Vous me réveillerez demain à six heures, j'ai un train à prendre.
Et il passe une superbe nuit. A six heures, le patron le réveille, il va à la gare, il prend son train, et une fois dans le train il se dit :
— Ah, ben je vais aller aux toilettes enlever le cirage que j'ai sur la figure. Maintenant, ce n'est plus la peine.
Il va aux toilettes, il prend un chiffon. Il le mouille et il frotte, il frotte, il frotte, mais le cirage ne part pas. Quelle horreur ! Le patron avait réveillé un vrai Noir !!

☆

C'est madame Grinder qui a un petit problème. Alors elle va voir le docteur Jacquot et lui demande :
— Oh, docteur ! Vous ne savez pas ce qui m'arrive ? C'est épouvantable ! Écoutez, je vais vous direchhh. Je sais que ce n'est peut-être pas votre partie, mais mon chat perd tous ses poils. Pauvre minetchhh. Que dois-je faire ?
— Écouteeez, arrêtez le vélo !

☆

Au fait, vous savez pourquoi les chats se lèchent les testicules ?... Eh bien parce qu'ils peuvent, eux !

☆

C'est une tribu de barbares qui a attaqué une ville. Et ça a été un épouvantable massacre. A la fin, il y a un barbare qui vient voir son chef et qui lui dit :
— Mon général, nous avons gagné !
— C'est parfait !
— Et de plus, nous avons fait prisonnières une cinquantaine de vierges !
— Non, assez de saints comme ça !

☆

C'est un poisson rouge, un ours et un hippopotame qui discutent ensemble, et le poisson rouge dit :
— Ben moi, cet été, pour les vacances, j'ai bien réfléchi et je me suis dit que finalement, ma femme

a des écailles, moi aussi j'ai des écailles, mes enfants ont des écailles, donc on va aller à Deauville au bord de la mer. Vu qu'on a tous des écailles, ça me paraît logique.
Alors l'ours dit :
— Ouais, c'est pas con... Euh, remarque, moi c'est pareil, j'ai fait le même calcul. Moi j'ai des poils, ma femme a des poils, mes enfants ont des poils, donc on va aller au Groenland.
Et à ce moment-là il y a l'hippopotame qui fait :
— Ben moi, j'ai réfléchi également. J'ai une grande gueule, ma femme a une grande gueule, mes enfants ont une grande gueule, alors on va aller à Paris !

☆

C'est un monsieur qui rentre dans un bar et qui voit une pancarte : « Ici, tous les sandwichs du monde. » Et en dessous, il y a marqué : « Si on ne peut satisfaire la commande, on vous donne un million. » Le mec est mort de rire. Il rentre dans le bar et il demande :
— Donnez-moi un sandwich à l'alligator, s'il vous plaît.
— Bien monsieur.
Le mec sort un alligator, le pose sur le bar, en découpe une tranche qu'il met dans du pain et dit :
— Voilà monsieur, à votre service.
Le mec n'en croit pas ses yeux. Il revient le lendemain et il demande :
— Je voudrais un sandwich au tatou. Vous avez ça ?
— Mais bien sûr !
Il sort un tatou et il coupe une cuisse qu'il met entre deux tranches de pain. Le mec n'en revient pas, et il se dit :

— Mais c'est pas possible ! Je vais bien arriver à les coincer !
Alors il revient le lendemain et il demande :
— Donnez-moi un sandwich à la baleine.
Le serveur répond :
— Oh merde ! Oh merde ! ! Bon, ben vous avez gagné le million !
— Ah ah ah, y'en a pas ?
— Si, mais il n'y a plus de pain !

☆

Ça se passe à Marseille, et c'est une Ginette marseillaise qui essaye de donner de bons préceptes à son fils. Alors elle lui dit :
— Michou, je vais te dire, aow ! Si t'es sage, tu vas au Ciel, hein ! Et si t'es pas sage, aow, t'iras en Enfer !
— Putaing, qu'est-ce que je dois faire pour aller aux putes ?

☆

C'est Maurice qui a monté une affaire d'import-export. Et il a tellement bien réussi que, maintenant, on commence à l'inviter. Un jour, il est même convié à un cocktail à la Mairie de Paris, et il y emmène sa femme. Elle est très impressionnée et elle demande à Maurice :
— Tu crois qu'il va venir nous serrer la main, Chirac ?
— Pfuuu, tu rigoles ! Chirac ? Bien sûr ! Jacquooot ?
L'autre arrive :
— Maurice, comment vas-tu ?
— Tu connais ma femme ?

— Mais pas du tout, enchantéééé. Bonjour Madaaame...
Il serre la main de madame et il lui présente tout le monde. Il y a même Jack Lang qui fait une apparition. La femme de Maurice, elle ne sait plus où donner de la tête. A un moment, elle demande à son mari :
— Aïe aïe aïe ! qui c'est, la blonde, là-bas ?
— La grande blonde, là-bas ? Tu dis rien, hein ? Tu fermes ta gueule, surtout ! C'est la maîtresse à Chirac, mais chut ! Y'a que moi qui le sais !
— C'est la maîtresse à Chiraaac ? Mon Dieu comme elle est vulgaiiire ! ! Et qui c'est, celle-là, la brune là-bas ?
— La petite brune, là-bas ? Tu te tais, hein ! La brune avec un grain de beauté sur la pommette, c'est la maîtresse à Pasqua. Mais tu ne dis rien !
— Ah bon ? Et la rousse, là-bas ? Celle qui est toute triste ?
— Celle-là, c'est ma maîtresse à moi. Qu'est-ce que tu veux, maintenant que j'ai réussi, il faut que je fasse comme tout le monde ! J'ai deux voitures et j'ai une maîtresse. T'y es pas peinée ?
— Non, pas du tout. Et puis de toute façon, hein, c'est quand même la nôtre qui est la mieux.

☆

C'est Maurice qui se promène dans la rue et qui rencontre un écrivain célèbre. Et alors il lui dit :
— Bah ça, je suis l'un de vos admirateurs !
— Ah bon ? Vraiment ? Vous connaissez mon œuvre ?
— Putain, si j'connais ! Votre dernier livre, c'est bien simple, ça m'a tellement plu que j'étais à deux doigts de l'acheter !

☆

C'est Jean-Loup qui rentre chez lui en fin d'après-midi, et Ginette est déjà au lit. Il trouve ça curieux et il demande :
— Qu'est-ce que tu fous au plumard, ta, ta ? Ouais, t'as vu l'heure ? Qu'est-ce tu fous là, ta, ta ?
— Rien, aow, j'avais une petite fatigue, alors je me suis couchée, aow...
— Ah bon ? Ah bon ! Remarque, t'as raison si tu te sens pas bien, ma poule...
A ce moment-là, il entend un bruit dans le placard.
— Qu'est-ce qu'il y a dans le placard, ta, ta ?
Il tape contre la porte du placard et il entend :
— Miaouuuu ! Miaouuuu !
Il fait :
— Oh, y'a l'greffier qu'est dans l'placard.
Deux secondes après, il entend encore un autre bruit :
— Mais qu'est-ce que c'est, que ce bruit ? !
Et alors il entend une voix dans le placard qui fait :
— C'est toujours le chat ! C'est toujours le chat !

☆

C'est un monsieur qui va passer une visite médicale chez le docteur Jacquot. Mais il a un œil de verre et il lui arrive un accident dans l'ascenseur : tout à coup il y a un choc et la cabine s'arrête brutalement. L'œil de verre tombe, le mec l'avale, et il va se loger dans le sphincter rénal... C'est pas banal ! Alors le docteur Jacquot l'examine et dit :
— Tout ça est très bien. Voyons les dents, les oreilles. Ecoutez, pour être plus sûr de mon diagnostic, je vais vous examiner le trou de balle... Par les temps qui courent, on ne sait jamais...

Et là, le docteur Jacquot prend une loupe et regarde le trou de balle du mec. Il voit l'œil de verre et s'exclame :
— Bravo, la confiance règne!

☆

Ça se passe à l'armée, dans le trois cent dix-septième régiment de transmissions aéroporté, et c'est l'adjudant Carrier qui reçoit les nouvelles recrues en leur disant :
— Salut, bande de p'tits cons! Fainéants! Branleurs! L'armée vous offre une famille! Bon, en ce moment, la situation est tendue. Vous risquez de partir là-bas, on ne sait jamais, alors je vais voir si vous êtes courageux! Tout le monde à poil!
Les mecs se déshabillent, puis l'adjudant Carrier passe devant eux et tape sur la zigounette du premier conscrit.
— Aaaah!!! s'écrie le soldat.
— T'es un p'tit con! Tu m'feras huit jours! T'aurais pas dû gueuler! Normalement t'aurais rien dû dire, parce qu'un soldat français, ça doit être courageux!
Il passe au deuxième et il lui fait :
— Regarde-moi dans les yeux, p'tit con!
Et Bang!!!
— Aaaah!!!
— Même punition, même motif! T'aurais pas dû gueuler!
Il les prend tous un par un et, à un moment, il passe devant un mec qui ne bronche pas. L'adjudant n'en revient pas.
— Tiens! Un bon élément, se dit-il. Je vais recommencer, pour voir...
Et Bang!! L'autre ne bronche toujours pas, alors l'adjudant lui dit :

— Tu n'as pas crié, c'est bien ! C'est parce que tu es courageux !
— Non, c'est parce que ce n'est pas la mienne.

☆

Ça se passe dans la salle d'attente d'un vétérinaire, et il y a un caniche qui dit à un doberman :
— Oh là là, c'est emmerdant, ce qu'on va me faire... j'ai la trouille...
— Mais qu'est-ce qu'on va te faire ? lui demande le doberman.
— Ben hier, j'ai fait une connerie. J'ai voulu sauter la petite chatte siamoise de mes patrons, et ma maîtresse a pas du tout apprécié. Elle est contre le mélange des races. Elle vote Le Pen tu comprends, alors elle n'a pas supporté et va me faire châtrer.
— Ouais, ça, c'est emmerdant.
— Et toi, t'es là pourquoi ?
— Ben l'autre jour, il y avait ma maîtresse qui prenait son bain et puis alors... attention, hein, ma maîtresse, elle est cover-girl. Elle pose dans *Lui,* elle pose dans *Elle...* Tu verrais ça ! Elle était là, elle prenait son bain et était en train de se frictionner. Moi, j'ai pas pu résister, j'ai sauté dans la baignoire et crac !
— Ah, je comprends ! Alors toi aussi, on va te châtrer ?
— Non, pas du tout. Moi, on va me limer les griffes.

☆

C'est Ginette qui tombe en panne de voiture. Il fait nuit et il commence à neiger. Et là, il y a Bruno Tortellini qui arrive et qui lui dit :

— Ma qué, elle est tombée en panne, là ?
— Oh là là, ben oui, j'sais pas ce que c'est mais il faut changer la roue, aow.
— Laissez faire. La mécanique, moi, ça me connaît.
Il commence à changer la roue mais il fait très froid. Pendant ce temps, Ginette le regarde et le trouve très beau. Et tout à coup elle lui dit :
— Vous n'avez pas froid aux mains, aow ?
— Ben si, ma qué, il fait un peu froid là, hein ! J'ai pas pris les gants et j'ai un peu froid.
— Vous voulez vous réchauffer la main, aow ?
— Ben oui, j'aimerais bien...
— Alors mettez-la entre mes cuisses, aowww...
— Oui, bon, merci...
Il met la main droite et continue à travailler de la main gauche. Un instant plus tard, Ginette lui demande :
— Vous ne voulez pas vous réchauffer la gauche, aow ?
— Ah ben si, je continuerai à travailler avec la droite.
A la fin, quand il a fini de changer la roue, Ginette le regarde et lui dit :
— Dites-moi, aow, vous êtes sûr que vous n'avez pas froid aux oreilles ?

☆

C'est madame Grinder qui se plaint à madame Saillard et qui lui dit :
— Oh, mon mari est un goujatchhh. Un vrai goujatchhh ! Est-ce que vous trouvez que je suis grosse, madame Saillardchhh ?
— Mais pas du tout, ma chère ! Vous savez comment sont les hommes, aucune délicatesse !
Mais madame Grinder est tellement traumatisée

qu'elle va quand même voir le docteur pour lui demander :
— Docteur, dites-moi la vérité chhh. Mon mari me traite de grosse patate...
— Écouteeez, épluchez-vous, je vais vous examiner.

☆

C'est Maurice qui passe ses vacances en célibataire. La veille, il a fait une java, bah bah bah ! Mais une de ces fiestas, ma fille ! Et évidemment, le lendemain, il se réveille avec une sacrée gueule de bois... Et ce n'est pas tout, dans le lit, à côté de lui, il voit une gonzesse qu'il ne connaît pas :
— Mais d'où qu'elle sort, celle-là ! ! Qu'est-ce qu'elle fout là ? Putaing, qu'est-ce que j'ai fait, hier soir ?
Il relève le drap et s'aperçoit qu'en plus elle est très moche. Et ce qui n'arrange rien, sur les draps, il y a quelques taches un peu... tirant sur le rouge.
— Putain ! Et en plus elle... Aïe aïe aïe !...
Là, il n'en peut plus. Maurice se lève, va dans la salle de bain faire sa toilette et, tout à coup, il s'aperçoit dans la glace qu'il a une ficelle qui lui sort de sa bouche. Et alors il s'exclame :
— La purée de moi-même ! J'espère qu'hier soir, j'ai bu ma tisane !

☆

C'est le père Favier qui va prendre sa retraite. L'évêque le juge trop vieux et lui a dit :
— Bon, on vous envoie un jeune curé. Vous serez un peu surpris. Il a été prêtre ouvrier dans une banlieue à grande densité. Ne vous affolez pas du langage... Mais enfin, vous verrez... Il faut quand même lui expliquer certaines choses...

— Oui, je ferai de mon mieux...
Quelques jours après, le père Favier reçoit le père Guytou. Il lui dit :
— Bonjour, mon père.
— Ouais, salut ma poule!
— Vous allez donc reprendre en main cette paroisse que je quitte à regret. Alors, bon, c'est le train-train quotidien. Que je vous explique : vous aurez généralement des pénitentes le jeudi, c'est le jour des femmes. Il y en a de tous les âges. Alors, très important, vous les confessez, vous les écoutez avec compréhension et surtout... gna gna gna gna...
— Et surtout quoi ? !
— Gna gna gna gna... Le vendredi, vous recevrez... Vous verrez, c'est un peu mélangé. C'est mixte. Vous avez des hommes et des femmes qui viennent se confesser. Euh... Si vous avez des femmes, il faut les écouter avec beaucoup de... Parce que les paroissiennes sont très pudiques à Sainte-Julie-du-Poitou, et surtout... gna gna gna gna...
— Et surtout quoi ? demande le père Guytou.
Mais le père Favier continue comme si de rien n'était :
— De toute façon, nous sommes aujourd'hui jeudi, et les premières paroissiennes vont arriver. Je vais vous assister dans votre première confession.
Alors le père Guytou entre dans le confessionnal. La première qui vient se confesser est une super Ginette un peu nympho sur les bords, et elle lui dit :
— Oh mon père, aow, dès que je vois un mec qui passe, je lui saute dessus.
— Ah ouais, ouais, c'est emmerdant, ça. Y'a un truc qui déconne, là. Ouais, j'comprends!
— Oh, et puis j'arrête pas. N'importe quoi, en plus! Commerçants, militaires, même les curés!
Là, il y a le père Guytou qui craque et qui se jette sur la Ginette, mais évidemment, avec sa soutane, il est bien embêté... Et là le père Favier se pointe et lui dit :

— C'est ce que je vous disais tout à l'heure! La soutane en-tre les dents!

☆

Le neveu de madame Grinder, le petit Gégé, en est à ce stade difficile de l'adolescence où l'on a de vilaines manies. Il n'arrête pas de se masturber. Alors madame Grinder, qui en tient pour les solutions radicales, l'envoie se confesser. Donc, Gégé va chez le père Favier qui lui dit :
— Alors, mon petit, je vous écoute...
— Eh ben voilà, c'est ma tatie qui m'envoie me confesser parce que des fois, la nuit... heu... je me tripote, heu...
— C'est très vilain, ça. Très très laid. Et en plus, mon garçon, pensez que chaque fois que vous faites ça pour rien, puisque ce n'est pas un acte de chair, vous tuez de futurs médecins, de futurs épiciers et de futurs avocats. Pensez-y!
Le gamin, quand même, est assez impressionné. Il rentre à la maison et se dit :
— Putain, c'est vrai. Il n'a pas tort, le curé...
Et pendant quatre jours, il ne fait plus rien. Mais au bout de quinze jours, quand même... l'envie le reprend. Et comme ça fait quinze jours qu'il n'a rien fait, ça part, mais alors! Paf!! D'un coup! Et le môme se dit :
— Tiens, un aviateur...

☆

C'est un jeune Marseillais, con, qui monte à Paris, con. C'est la première fois. Et putaing, il est intimidé, con! Il monte donc à Paris mais il n'est pas très branché. Il est invité à une petite sauterie,

un genre de boum chez des gens très snobs, avec des Ginettes très « aow »... Elles sont toutes au buffet en train de grignoter un taboulé, aow, et il y en a une qui dit au Marseillais :
— Vous voulez un peu de taboulé, aow ?
— Ouais, je veux bien. C'est quoi ? C'est de la semoule ?
— Vous allez voir, c'est vachement succu, aow !
— Hein ? Qu'est-ce que c'est ?
— Non, je dis que c'est vachement succu, aow !
— Qu'est-ce c'est, « succu-heuu » ?
— C'est succulent, aow ! C'est comme ça qu'on parle. Vous êtes pas chébran ?
Et à ce moment-là, il y a Josie qui intervient pour lui dire :
— Et puis après, vous prendrez du dessert. Vous verrez, c'est vachement épa, aow !
— C'est vachement quoi ?
— C'est vachement épa ! Épatant, quoi !
Alors le Marseillais ne veut pas passer pour un con. Il goûte le taboulé et dit :
— Oh putaing ! Oh putaing, c'est tasta !
Ginette fait :
— C'est quoi, aow ? !
— TASTA ! C'est « tastaper-le-cul-par-terre » !

☆

Ginette est contente : elle va se marier. Elle a trouvé un fiancé, un jeune homme très bien qui lui a été recommandé par sa tante, madame Grinderchhh, qui est une vieille dame très sévère sur les principes. D'ailleurs, elle a dit à sa nièce Ginette :
— Tu peux te marier avec ce garçon, il est très bienchhh. Certainement très croyantchhh.
En réalité, il est très nunuche. C'est un jeune homme un peu benêt. Il n'est jamais sorti des

jupons de sa maman. Il est resté très gamin ! Il n'a jamais... Il n'a même pas la moindre idée de la façon dont ça se passe. Il est puceau, quoi. Il est même « puceau-qu'on-le-croit ». Enfin, c'est quand même un jeune homme bien. Il ne demande qu'à être dégrossi.

Le mariage a donc lieu. La nuit de noces, Ginette est dans le lit, toute déshabillée, toute excitée, toute frémissante. Elle s'allonge sur le dos et elle lui dit :

— Allez, viens, mon chéri, sois pas timide, aowww.

— Comment ça ?

— Ben quoi, comment ça, aow ? Eh ben, j'sais pas, moi ! Tu te déshabilles et puis tu montes sur moi !

— Ah bon ?

Le mec se désape, monte sur Ginette et ne bouge pas.

— Mais qu'est-ce que tu fous, aow ? demande Ginette.

Et son mari de lui répondre :

— J'veux descendre ! ! !

☆

C'est un monsieur qui habite un immeuble. Et en face de chez lui, il a vue sur la chambre d'une charmante jeune fille. Tous les soirs, elle se déshabille en laissant la lumière. Il regarde et il a bien envie d'aller la voir mais il n'ose pas. C'est un monsieur très timide. Un soir, il est particulièrement excité. Il la voit qui se déshabille et il sent un truc absolument incroyable ! Il sent sa zigounette qui s'allonge, qui rampe sous le tapis, qui passe par la fenêtre et qui descend le long du mur pour se rendre chez la voisine. Elle franchit le trottoir, elle traverse... Et à ce moment-là, il entend... le bus ! Merde, il rembobine !

☆

C'est un monsieur très smart qui va à la chasse en Sologne et il a un accident. Il bute sur un caillou et il se tire une décharge dans son trois-pièces-cuisine. Imaginez le mal que ça fait! Le pauvre mec a la zézette truffée de plomb! Alors il va voir le docteur Jacquot qui lui dit :
— Écouteeez, je vais vous examineeer!
— Docteur, c'est très embêtant, j'ai la zézette truffée de plomb!
— Je vais vous donner une adresse. C'est Robert Machpro, 40 rue de l'Abbé-Achevé...
— C'est un médecin ?
— Pas du tout, il est premier prix de conservatoire.
— Je ne vois pas très bien le rapport! Qu'est-ce qu'il va pouvoir faire pour moi ?
— Il est flûtiste. Il vous dira où mettre les doigts pour éviter de vous pisser dans la gueule!

☆

Ça se passe en Russie du temps où les bolcheviks font la révolution pour foutre dehors les tsaristes, et c'est un aristocrate russe qui s'apprête à quitter Moscou avec sa famille et qui dit à sa fille :

— On va emporter les bijoux et quelques billets sur nous, le maximum de valeurs. Mais il nous faut abandonner tout le reste de nos richesses ici. Dommage ! Il y a quand même ces clips de Fabergé que je t'avais offerts pour ton anniversaire... Ce serait malheureux de les laisser...
— Père ! N'ayez aucune inquiétude pour passer la frontière, j'ai une idée : je vais les cacher dans mon minouskof.
— C'est pas possible ! Tu crois que tu vas pouvoir ?
— Oui oui, père, pas d'inquiétude !
Effectivement, elle arrive à cacher les précieux objets dans son minou, et là le vieux Russe lui dit :
— Ah là là ! Si ta mère avait été vivante, on sauvait toute l'argenterie !

☆

Ginette va se marier, aow. Mais comme elle est la nièce de madame Grinder, elle a reçu une éducation religieuse et sa tante lui a dit : « Surtout pas avant le mariagechhh, ça porte malheurchhh. » Alors Ginette a promis d'être sage ; mais par contre, trois jours avant le mariage, son fiancé lui dit :
— Oh allez, allez... Oh Ginette, écoute, tu ne peux pas me refuser ça ! On se marie dans trois jours, qu'est-ce que ça peut faire ? !
— Oh non non non, non-aow ! Pas question !
— Oh écoute... Laisse-moi voir, au moins !
— Bon, ben, d'accord, mais c'est juste pour voir.
Elle relève sa jupe et hop ! Elle la baisse tout de suite. Le lendemain, il revient à l'assaut :
— Allez... Dans deux jours, on se marie... Tu ne peux pas me refuser ça !
— Ah non non non, ça porte malheur, aow ! Ma tatie veut pas. Non non non, faut pas, elle va gueuler !

— Oh... Mais je peux pas toucher un peu ?
— Non non non !
Et le surlendemain, il fait une dernière tentative :
— Écoute, on se marie demain ! Allez... Fais-moi toucher !
— NON ! J'veux pas !
— Mais fais-moi sentir, au moins !
— Bon, d'accord.
Il se penche et dit :
— Oh là là !... Oh là là !... Dis-moi, tu crois que ça va se conserver jusqu'à demain ?

☆

C'est Maurice qui rencontre David, et comme il y a longtemps qu'ils ne se sont pas vus, ils commencent à discuter :
— Bonjour Maurice ! Qu'est-ce que t'y as ?
— C'est mon fils. Il me fait des inquiétudes. Il a fait un voyage en Angleterre, il a discuté avec des gens et tout, et il s'est converti au catholicisme. Tu t'rends compte ? Non mais tu t'rends compte ? Comme ça, brutalement !
— M'en parle pas ! Le mien aussi ! Il a fait un voyage, il est parti en auto-stop, il a rencontré des gens, je sais pas qui, et quand il est revenu, il s'est converti au catholicisme !
Ça les contrarie beaucoup, alors ils font une prière et appellent Dieu. Au bout d'une heure, quand même, Dieu apparaît :
— Oui ? Vous m'avez appelé ?
— Ben oui, c'est rapport à nos enfants... On ne sait pas ce qui s'est passé, mais ils se sont convertis tous les deux au catholicisme.
— Bah bah bah ! M'en parlez pas ! Le mien aussi !

☆

C'est deux Belges qui parlent de leurs vacances. Il y en a un qui dit :
— Alors, qu'est-ce que tu as fait, toi, cette année ?
— Je suis allé sur les hauts plateaux africains chasser le gorille. Tu sais que c'est dur, hein ! Déjà pour en trouver, c'est une espèce en voie de disparition.
— Et alors ?
— Le premier jour, j'en ai tué quatre, mais après, j'ai été embêté. Je savais pas quoi faire de leurs bicyclettes...

☆

C'est Maurice qui rencontre Robert et qui lui dit :
— Comment il va, David ?
— M'en parle pas, on lui a enlevé l'appendicite.
— J'lui avais pourtant dit de tout mettre au nom de sa femme !

☆

Cette fois, c'est Maurice qui se marie. Depuis des années, il allait chez le même tailleur, et la fille était toujours là derrière le comptoir. Et comme ils se connaissent depuis longtemps, ils finissent par se marier. Le soir de la nuit de noces, il se couche avec sa femme et, à un moment, il s'arrête et dit à sa femme :
— Tous mes compliments à ton père, hein ! Tu lui diras que c'est la première fois qu'il fabrique quelque chose dans quoi je ne flotte pas !

☆

C'est un Marseillais qui revient d'Angleterre. Alors il frime un peu devant ses copains, parce que les Marseillais ne voyagent pas beaucoup là-bas, et ils lui demandent :
— Oh t'as appris l'anglais, con ?
— Oh putaing, j'ai appris l'anglais. Oh, je sais dire plein de choses en anglais, con. Tin, tous les doigts de la main, je peux te les dire.
— Et comment ils disent ?
— Alors, le pouce, hein ? Le pouce et l'index c'est comme chez nous, mais le troisième doigt, ils appellent ça la « plaisanterie ».
— C'est curieux, ça !
— Ouais, j'étais avec une fille, on était couché, tout ça, et à un moment elle m'a dit : « Poussez pas la plaisanterie trop loin, quand même ! »

☆

Un type complètement bourré sort du bistro, et paf ! il se cogne contre un platane. Il se relève et paf ! il se tape un deuxième platane. Il retombe et dit :
— Bon, ben je vais attendre que tout le cortège soit passé.

☆

C'est deux garçons qui sont dans la cour de récréation. Ils ont à peu près quatorze ans, et il y en a un qui dit à l'autre :
— Dis-moi, Maurice, si je te donne deux cents balles, tu me ramènes une mèche de cheveux de ta sœur ?
— Tu me files mille balles et je te la scalpe complètement !

☆

C'est Ginette qui va au musée du Louvre, et là, elle tombe en arrêt devant un superbe Apollon. Une statue absolument extraordinaire mais pas tout à fait nue, avec une feuille de vigne. Et alors il y a Ginette qui s'extasie :
— Oh là là, aow! Aoooow!! Oh là là, ces pectoraux! On dirait Rambo IV! Oh là là! On dirait Sylvester Stallone! Oh, c'est pas possible, aow, on dirait Arnold Schwarzenegger!
Tout à coup, elle regarde la feuille de vigne et elle ne bouge plus. Alors Jean-Loup lui dit :
— Qu'est-ce que tu fous, là?! On y va?
— Non non, j'attends l'automne!

☆

Deux chattes se rencontrent. Une persane très chic, très snob, et une chatte de gouttière un peu plus beurk, la vraie chatte de gouttière avec une oreille arrachée. C'est un peu la Ginette des chattes de gouttière. Et la persane lui dit :
— Oooh! Comment allez-vous, très chère?
— Ouais, ça va, ta, ta...
— Vous savez? Je viens d'avoir une portée ma-gni-fi-que! Des petits persans bleus teintés de blancs que j'ai eus avec le chat de la marquise du Fermoir de Monsac. Ils sont absolument merveilleux!
— Ben moi aussi j'ai eu une portée, mais alors ils sont minables. Ah! c'qu'ils sont moches! Remarquez, c'est normal, j'connais pas le père.
— Comment ça, vous ne connaissez pas le père?!
— Eh ben non, j'avais la tête dans la poubelle.

☆

C'est un comédien sénégalais qui sort du bureau d'un producteur et qui dit :
— J'en ai marre, hein ! J'en ai marre là, mouiis ! Ça fait deux fois qu'on me refuse un rôle, hein ! Celui de Jésus-Christ et celui de Napoléon !

☆

C'est un monsieur très sportif qui fait des ascensions en ballon. C'est très agréable, il est dans la nacelle, le paysage est magnifique et, à un moment, il s'aperçoit dans sa rêverie qu'il s'est perdu. Il se trouve au-dessus de la Belgique et il se dit :
— Oh ben merde alors, je vais descendre et je vais essayer de me renseigner.
Il voit un paysan qui travaille et l'appelle depuis sa nacelle :
— Pardon, monsieur, excusez-moi, mais je suis un peu perdu ! Vous pouvez me dire où je me trouve ?
— Bien sûr ! Dans un ballon, une fois !

☆

Ça se passe dans un hôpital psychiatrique réputé ultra-moderne. Un peu baba cool même. Un jour, le directeur reçoit la visite d'un inspecteur qui lui demande comment ça se passe, et il lui répond :
— Ah nous, on a un truc super ! On leur fait faire du sport ! On leur fait faire du plongeon olympique. D'ailleurs, regardez, on a une piscine absolument formidable.
Effectivement, il y a trois plongeoirs de hauteurs différentes et tous les malades sont là et... hop ! Ils font des doubles saltos et des triples axels, et paf !

ils plongent. C'est magnifique! L'inspecteur médusé dit au directeur :
— Oh là là! C'est vraiment étonnant!
— Et encore! Vous verriez quand il y a de l'eau!

☆

C'est deux muettes qui se marient. Le lendemain, elles se retrouvent pour se raconter leur nuit de noces. La première est radieuse! Elle montre à sa copine deux oranges et un saucisson. L'autre lui montre un cure-dents, et elle pleure.

☆

Il y a longtemps qu'on n'a pas raconté d'histoire idiote. Mais alors une histoire vraiment bête! Généralement, elles sont longues...
Vous savez que madame Grinder a une vie qui n'est pas très drôle. Elle est seule dans sa loge. De temps en temps, elle reçoit ses copines, mais elle vit seule. Un jour, elle se dit : « Tienschhh, je vais m'acheter un animal domestiquechhh. Je ne sais paschhh, un chat siamoischhh ou un persanchhh. Je lui parlerai le soirchhh. Ça me fera une compagnie. » Alors elle va dans un magasin et demande au vendeur :
— Qu'est-ce que vous me conseillezchhh, comme animal domestique ?
— Ben... Y'a les chiens, les chats... Mais enfin, c'est banal. C'est banal et ça ne vit pas longtemps. Maintenant, y'a un truc qui fait fureur. C'est un petit animal, un mammifère. C'est un « rari ».
— Un « rarichhhh » ?! Mais qu'est-ce que c'estchhh ?
— Le « rari » ? Attendez, je vais vous en montrer un. C'est rare, hein! Ça vient d'Amérique du Sud. On n'en trouve pas partout!

Alors il lui montre une espèce de boule de poils dans un carton. Ça ne bouge pas, ça n'a pas d'yeux, pas de queue, pas de pattes, pas de bouche, et madame Grinder demande :
— Mais qu'est-ce que c'estchhh ? Oh, quelle horreur ! On dirait une éponge !
— C'est un « rari » ! Mais vous verrez, ça s'attache très facilement. C'est gentil, comme animal. Vous n'avez qu'à le caresser. Et à nourrir, ce n'est pas compliqué : vous lui donnez des journaux de la veille. Il ne se nourrit que de vieux papiers.
— Oh mon Dieu ! Et est-ce qu'il fait des petitschhh ?
— Ah non ! Il ne fait pas de petits. Regardez, ça n'a pas d'yeux, ça n'a pas de pattes, ça n'a même pas de... Ça n'a rien !
Madame Grinder achète dont le « rari ». Et en plus, ce n'est pas très cher ! Le soir, elle le met dans un carton avec des vieux journaux, elle le regarde et se dit :
— Quand même ! Je me suis fait avoir ! C'est ridicule, cet animal ! Et c'est stupide !
Le lendemain, chose inquiétante, le « rari » a doublé de volume. Madame Grinder croit qu'il est malade alors elle appelle le docteur.
— Allô docteur ? J'ai un « rari » qui est en train de gonfler. Qu'est-ce que je dois faire ?
— Continuez à l'alimenter, mais donnez-lui les journaux du jour. Ceux de la veille ne doivent pas être assez frais.
Mais le « rari » gonfle, gonfle, gonfle à tel point qu'il occupe toute la cuisine ! Alors là, madame Grinder prend peur. Elle voit cette énorme boule de poils qui prend toute la place dans la cuisine, alors elle veut le tuer. Elle le met dans un énorme sac et elle le jette dans la Seine. Le lendemain, elle rentre à la maison, et qu'est-ce qu'elle voit dans le jardin ?! Le « rari » ! Encore plus gros ! Elle ne sait plus quoi faire. Heureusement, elle a un neveu qui est dans l'armée et qui lui dit :

— Amène ta saloperie de bestiole. On va la mettre sur le champ de tir.
Ils mettent le « rari » sur un champ de tir et lui envoient un obus. Paaaaf!!! Mais l'obus rebondit sur la peau élastique du « rari ». Madame Grinder est désespérée. Là, il y a un général qui lui dit :
— Il y a un spécialiste, un zoologiste américain qui pourrait vous en débarrasser.
Alors, elle va aux États-Unis. Elle n'y avait jamais étéchhh. Arrivée là-bas, elle dit au mec :
— Qu'est-ce que je pourrais faire pour m'en débarrasserchhh ?
— Oh, vous savez, il faut attendre des siècles et des siècles. Ça vit très très longtemps, les « raris », au moins cinq siècles.
— CINQ SIÈCLES ! Mais c'est épouvantable !
— Qu'est-ce que vous voulez... *It's a long way to kill the « rari », It's a long way to go...*

☆

C'est madame Grinder et madame Saillard qui discutent, et madame Grinder dit à sa copine :
— Vous savez, la semaine dernièrechhh, j'étais invitée au bal masqué de l'amicale des concierges. Je ne savais pas comment me déguiserchhh, et finalement, j'ai eu une idée géniale. Comme j'ai tellement de varices, je me suis déguisée en carte routière...

☆

C'est Toto qui rentre de l'école un peu en avance et sa maman n'est pas prévenue. En montant dans sa chambre, il voit qu'elle est en chemise de nuit, ce qui est très très bizarre à cette heure-ci. Elle ferme à toute vitesse une armoire où quelqu'un s'engouffre

subrepticement. Alors Toto attend que sa maman descende dans la cuisine pour aller chercher son nounours, puis il retourne dans la chambre et va cogner à la porte de l'armoire :
— Hé, M'sieur ! M'sieur !
— Tais-toi ! Tais-toi ! Va-t'en, p'tit salopard !
— Tu m'achètes mon nounours ?
— Non non non ! Va-t'en !
— Ben ça fait rien, je vais le dire à mon papa !
— Non ! Bon, combien ?
— Vingt francs !
Un billet de vingt francs est glissé sous la porte et Toto s'en va jouer. Un quart d'heure plus tard, il revient et dit :
— M'sieur ! M'sieur !
— Quoi ? Qu'est-ce que tu veux, encore ?!
— Tu m'achètes encore mon nounours ?
— Hé p'tit salaud ! Je te l'ai acheté tout à l'heure !
— Tant pis, j'vais l'dire à mon papa !
— Bon, combien ?
— Cinquante francs !
A la fin, il soutire deux cents balles au mec. Le temps passe et Toto a mauvaise conscience pour ce qu'il a fait au type. Alors il décide d'aller se confesser. Il va à l'église, entre dans le confessionnal et dit :
— Dis, m'sieur...
— Oh !... Tu ne vas pas recommencer, avec ton nounours !

☆

C'est Alain Delon qui est au volant de sa voiture, une grosse BMW. Il s'arrête à une station-service et le pompiste s'exclame :
— Ma parole ! Mais vous êtes Alain Delon !
— Oui, c'est moi. Est-ce qu'il y a des toilettes, ici ?

— Mais bien sûr, monsieur Delon !
— Ce sont des toilettes publiques, ou des toilettes privées ?
— Ah ben, c'est des toilettes publiques.
— Alors tant pis...
Et vroum, Delon repart, et il s'arrête dans une autre station-service. Et le pompiste s'écrie :
— Oh putaing ! Mais c'est Alain Delon !
— Oui, bonjour monsieur. Je suis Alain Delon. Est-ce que vous avez des toilettes, ici ?
— Ben ouais, évidemment, on a des toilettes ici.
— Des toilettes publiques ou des toilettes privées ?
— Des toilettes publiques et des privées, juste là derrière. Mais pourquoi ?
— Parce que quand je vais dans des toilettes publiques, tous les gens se retournent et font : « Oh ! c'est Delon ! » Et moi, je ressors tout trempé.

☆

C'est Maurice qui sirote une anisette au comptoir. Tout à coup, deux jeunes homos entrent dans le café et s'asseyent à côté de lui. Et il y en a un qui dit :
— Pardon, monsieur, je peux vous poser une question ? Mais je ne veux pas que vous vous fâchiez.
— Allez-y ! Qu'est-ce qu'il y a ? C'est quoi, la question ?
— Pour dix mille francs, est-ce que vous vous feriez... Yop-là boum ! ?
— Ça ne va pas, non ?! Qu'est-ce qu'y a ? Tu me cherches, ou quoi ?
— Non non, ne vous fâchez pas ! C'était juste pour savoir !... Et... pour vingt mille francs, est-ce que vous feriez... Crac-crac ?
— Mais il est fou, celui-là ! Il me cherche, là ou quoi !? Ni pour dix mille, ni pour vingt mille !

— Écoutez monsieur, je vous pose la question autrement. Pour un million, est-ce que vous vous feriez... Zoup ! Crac ?
— Mais ça ne va pas, non ? Même pour un million !
— Et pour cent millions ?
— Cent millions ?... Cent millions...
— Et pour deux cents millions ?
— Ah, pour deux cents millions, évidemment...
Le mec se retourne et dit à son copain :
— Tu vois, ce ne sont pas les pédés qui manquent. C'est le pognon.

☆

Ça se passe en Belgique dans une forêt où il y a un lac. Le garde forestier fait sa ronde, voit un type dans l'eau en train de faire glou-glou et lui dit :
— Mais dites donc, c'est interdit de se baigner là !
— Je ne me baigne pas ! Je me noie !
— Ah bon, très bien... Alors bonne continuation !

☆

C'est un clochard qui crève de faim et qui n'a pas un sou pour s'acheter à manger. Il est tellement désespéré qu'il décide de manger son chien. Il allume un feu et le fait rôtir à la broche. Finalement, il trouve que ce n'est pas si mauvais que ça. Il est là, en train de le bouffer, et il se dit :
— Ah là là, pauv' Médor ! Si t'étais là, tu te régalerais !

☆

C'est Maurice qui rentre chez lui à trois heures du matin, dans un état!... Il a du rouge à lèvres sur le col de sa chemise et tout! Il sent la parfumerie, « Ton étreinte » de chez Lancôme. Alors sa femme lui dit :
— Mauriiice! Maurice, d'où tu viens! Qu'est-ce que c'est que cette odeur? Et ce rouge à lèvres? Alors j'te préviens, hein! Je veux une explication valable! Je veux la vérité!
— Il faudrait savoir : tu veux une explication valable ou tu veux la vérité?

☆

Ça se passe à Marseille. C'est un monsieur qui tient un petit bar bien tranquille. Il est là, à trois heures de l'après-midi, et il n'y a personne. Il fait chaud, il s'emmerde. Tout à coup, un type entre. Un jeune cadre dynamique, costard-cravate, qui lui dit :
— Bonjour, monsieur! Je viens voir si vous êtes équipé en Ricard. Est-ce que vous avez tout ce qu'il vous faut?
— Ah oui, oui! Je suis équipé.
— Vous avez la bouteille d'un litre avec le bec verseur et doseur? Vous savez, celle qui permet de calculer la dose exacte de pastis?
— Heu... Oui, je suis équipé.
— Vous avez également les petites mominettes? Les petites bouteilles, vous savez, si jamais vous faites des concours de boules, pour récompenser les gagnants?
— Oui oui, je suis équipé, monsieur, j'ai tout ce qu'il faut.
— Ben, c'est parfait!
Là, le mec se déculotte, pose sa bistouquette sur le

comptoir, ouvre son attaché-case, prend un marteau et se donne un grand coup sur les noisettes. Puis il range le marteau dans sa mallette, se rhabille et repart.
— C'est pas possible, il est bargeot, celui-là ! Il est fou, ce type ! se dit le patron.
Le lendemain, le type revient à la même heure et dit :
— Bonjour monsieur ! Vous me reconnaissez ?
— Ben oui, je vous reconnais. C'est vous qui êtes venu hier.
— Exactement. Alors je venais voir si vous étiez équipé en Ricard, si vous aviez la bouteille d'un litre avec le bec verseur et le doseur pour calculer la dose exacte de pastis...
— Mais je vous l'ai déjà dit ! Je suis équipé !
— Bien. Très bien, ne vous énervez pas ! Vous avez les mominettes également ? Vous savez, les petites bouteilles pour les concours.
— Je vous dis que j'ai tout ce qu'il faut !
— Très bien, monsieur.
Le type baisse son pantalon, sort sa bistouquette, la met sur le comptoir, ouvre son attaché-case, prend le marteau et paf ! se redonne un grand coup sur les noisettes et sort à quatre pattes du bistro.
Le patron se dit que le type est complètement givré !
Le surlendemain, le représentant revient à la même heure et dit :
— Bonjour monsieur ! Vous me reconnaissez ?
— Ouais, je vous reconnais.
— Est-ce que vous avez la bouteille d'un litre avec le bec verseur-doseur pour les concours de pétanque...
— J'ai tout ce qu'il faut ! Ça fait trois fois que vous me le demandez !!!
— Bien...
Le mec se redéculotte, sort son machin et paf ! se balance un grand coup sur les noix. Alors le patron n'y tient plus et lui demande :

— Écoutez, ça fait trois jours que vous me faites ça ! Je peux savoir pourquoi ?
— C'est parce que je suis représentant chez Martini. Alors moi, que vous soyez équipé en Ricard, je m'en bats les couilles !

☆

C'est l'histoire d'un monsieur qui regarde trois pêcheurs. Et comme il y en a un qui sort des gros poissons, il lui demande :
— Mais comment vous faites ?
— Ben moi, j'ai un truc. J'suis charcutier. Alors je mets des Knakies Herta comme appâts. C'est gros, c'est nourrissant, et quand c'est l'heure de l'apéritif pour les poissons, paf !, ils avalent ça !
Le deuxième prend aussi des poissons, mais encore plus gros ! Alors le type lui dit :
— C'est extraordinaire ! Mais qu'est-ce que vous mettez ?
— Oh moi, j'suis boucher. J'mets des entrecôtes, et alors là, ils ne résistent pas.
Le troisième pêcheur sort carrément des monstres de cinq mètres, et le type lui demande :
— Comment vous faites, vous, pour appâter ?
— Moi, je suis rabbin...

☆

C'est un type qui va voir le docteur Jacquot et qui lui dit :
— Docteur, je ne sais pas ce que j'ai, mais ça va pas du tout. Mais pas du tout ! J'ai une espèce de douleur, là, dans le... dans mon trois-pièces-cuisine, et je ne sais pas...
— Écouteeez, je vais vous examineeer...

Le docteur Jacquot prend son temps pour l'ausculter et lui dit :
— Aïe aïe aïe ! Écoutez, c'est un cas très rare. C'est un cas de rétention hypertoriellle de testicules.
— Et qu'est-ce qu'il faut faire, docteur ?
— Malheureusement, il va falloir les couper.
— Mais vous êtes sûr ? !
— Généralement, oui, il faut les couper !
— C'est pas possible ! C'est pas possible... Écoutez, docteur, ne vous fâchez pas, mais je vais aller voir un autre spécialiste.
Le type va à Genève et trouve un spécialiste qui lui dit :
— Ah ! Malheureusement, cher monsieur, après examen, n'est-ce pas, vous avez une maladie très très rare. Il n'y a qu'une solution... Va falloir vous amputer ! On ne peut faire que ça.
— Mais non, mais je ne peux pas !...
— Si, il n'y a que ça à faire !
— Bon, je vais aller voir un autre spécialiste.
Cette fois il va à New York et le médecin lui dit :
— Oh my God ! C'est affreux ! Affreux, car il n'y a qu'une chose à faire : il va falloir les couper !
Le type est désespéré. Et comme il rentre chez lui, à Paris, dans le Sentier, il voit la plaque du docteur Bijaoui. Il se dit :
— Je n'ai plus d'espoir, mais ça ne fait rien. Je vais demander un dernier avis.
Et il arrive chez le docteur qui lui dit :
— Faites voir un peu ? Oh là là ! Mamaaan ! Dans quel état elles sont, celles-là ! Enfin, rassurez-vous, c'est pas si grave que ça.
— Ah bon ? Il va pas falloir me les couper ?
— Pas du tout !
— Vous êtes sûr ?
— Mais non, ce n'est pas la peine. Vous toussez un peu et elles vont tomber toutes seules !

☆

Ça se passe dans un hôpital psychiatrique où il y a un malade relativement incurable. Ça fait huit ans qu'il est là et il a une espèce de névrose obsessionnelle. Le docteur le fait venir et lui dit :
— Écoutez, ça fait huit ans que vous êtes là. Il faut être raisonnable. Nous, on veut bien vous libérer, mais il faut aussi y mettre du vôtre. Qu'est-ce que vous feriez, si on vous libérait ce matin ?
— Eh ben... Eh ben, j'irais dans une droguerie et puis... et puis j'achèterais un lance-pierres et je casserais tous les carreaux ! Tous les carreaux ! Tous les carreaux !
Le médecin décide de lui faire un traitement incroyable avec des électrodes partout et, un an après, il le reconvoque :
— Ça fait neuf ans que vous êtes là, quand même. Soyez raisonnable ! Hein ? Vous ne voulez pas sortir ? Si je vous libérais ce matin, qu'est-ce que vous feriez ?
— Eh ben... Eh ben j'irais dans une droguerie, j'achèterais un lance-pierres, et je casserais tous les carreaux ! Tous !
Le type reste un an de plus à l'asile. Au bout d'un an, le médecin le re-reconvoque :
— Écoutez, ça fait maintenant dix ans que vous êtes là ! Il faut être raisonnable !
— Docteur, j'ai réfléchi...
— Ah ! Enfin ?
— J'ai réfléchi et c'est vrai, ça fait dix ans que je suis là. Il y a dix ans que je gâche ma vie, que je ne connais plus la couleur du soleil, que je n'ai plus vu s'épanouir une fleur, que je n'ai plus de vie privée. Alors, je vous promets que si vous me libérez ce matin, j'irai m'acheter un beau costume et puis j'irai chez le coiffeur. Je me ferai beau parce que, peut-être, j'irai au bal ce soir. J'aurai peut-être la chance de rencontrer une jeune fille et de refaire ma vie...

— Ah, mais c'est formidable! Eh bien voilà!!
— Et puis peut-être que, je ne sais pas, si je m'y prends bien, le premier soir, je pourrais l'emmener chez moi, dans ma chambre, puis qu'elle se déshabillerait lentement, devant moi... Alors elle jetterait son soutien-gorge, son slip et je ramasserais son slip. Et puis, avec l'élastique du slip, je ferais un lance-pierres et je casserais TOUS LES CARREAUX!!!

☆

C'est un Parisien qui est en vacances dans le Var et qui rencontre un paysan. Alors il lui dit :
— Bonjour monsieur, c'est à vous, cette ferme?
— Ah! Ça ma ferma qu'on cheté dans famillah qua qua les geus queu tu fu nu, oh!
— C'est bien, mais dites donc, pourquoi vous lui avez coupé la queue, à votre vache?
— Pache que que chuis membre d'la chochiété Protectriche d'zanimaux.
— Je ne vois pas le rapport!
— Eh ben sa queue, j'avais peur qu'elle fasse mal aux mouches!

☆

C'est un monsieur qui arrive au commissariat et qui fait :
— Euh... Bonjour, monsieur le policier. Je viens vous voir parce que ma femme a disparu.
— Oui, vous pouvez me faire une description de votre femme, s'il vous plaît?
— Eh ben, elle est... Elle est énorme, elle a un oeil de verre, des dents gâtées, et comme elle a

eu un accident de télésiège, elle n'a plus qu'une fesse.
— Vous avez du bol : on ne l'a pas retrouvée !

☆

C'est un monsieur qui va voir un copain et qui lui dit :
— Salaud ! Salaud, tu couches avec ma femme ! J'ai des preuves !
— Mais... Mais qu'est... qu'est... des preuves ?
— Oui, DES PREUVES ! Tiens, la semaine dernière, j'ai dit que je partais en voyage d'affaires ! Ben pas du tout ! Je suis resté à la maison, j'ai loué une chambre dans l'immeuble d'en face, et je vous ai VUS ! J'ai pris des photos !
— Mais enfin, tu déconnes !... Quoi, des photos ?...
— Si, tiens, regarde ! Celle-là, celle-là, et celle-là ! C'est toi et ma femme dans la cuisine ! Hein ? C'est pas toi, ça ?
— Ben...
— Et celle-là ? C'est toi, non ? Avec ma femme dans la salle de bain ! Et dans le salon ? Et dans l'entrée, dans la chambre... Alors, salaud, qu'est-ce que tu dis d'ça ?
— Eh ben... Je vais prendre celle-là, elle est pas mal...

☆

C'est Ginette qui a été violée, aow. C't-à-dire qu'elle revenait du concert de Sting, aow, qu'elle avait laissé sa R5 dans le parking de Conforama, aow, et qu'un type lui a sauté dessus dans le noir. Évidemment, le commissariat fait une enquête, et il y a cinq suspects. Parmi eux, un Belge. Alors

Ginette entre dans le commissariat et le Belge s'écrie :
— Je le reconnais, c'est elle, une fois !

☆

C'est Ginette qui habite une espèce d'H. L. M où il y a un square et, le soir, elle a l'habitude d'aller prendre le frais sur un banc avec sa chatte siamoise. Là, il y a un vieux monsieur qui passe et lui dit :
— Ahhh ! Ah là là, mademoiselle ! Oh dites donc, quelle jolie petite chatte vous avez ! Puis-je la caresser ?
— Ben j'veux bien, mais qui c'est qui va m'tenir l'animal, aow ?

☆

C'est un petit garçon et une petite fille. Ils sont tout petits petits petits petits. Alors ils s'amusent comme des fous dans le jardin pendant que les mamans font la vaisselle. A un moment, la petite fille et le petit garçon vont voir la maman de la petite fille, et le petit garçon lui demande :
— Dites, madame, est-ce que nous, on peut avoir des enfants ?
— Bien sûr que non ! Vous êtes trop petits !
Alors le petit garçon se retourne vers la petite fille et lui dit :
— Tu vois ! Ce n'était pas la peine que je me retire !

☆

C'est Maurice qui visite la Sicile avec sa Renault 26 décapotable. Il est content et tout, le vrai touriste, quoi ! A un moment, il y a un paysan sicilien qui l'arrête avec un fusil et qui lui dit :
— Alto ! Arrête-toi ! Descends les mains en l'air !
— Qu'est-ce que j'ai fait ? Putain, qu'est-ce qui se passe, là ?
— Arrête la machina et descends les mains en l'air ! !
Maurice descend de la voiture et le Sicilien lui dit :

— Bon, descends le pantalon.
— Il est fou celui-là ou quoi ?!
— Baisse le pantalon!
— Mais pour quoi faire ?
— Baisse ou je tire! Attention!
— Bon bon, d'accord!
— Bon, maintenant, masturbe-toi.
— Comment ? Vous êtes fou ?
— Je te dis masturbe-toi!
Et le Maurice il est bien obligé, parce que l'autre a le fusil! Et pof pof pof! Un petit coup de manivelle.
— C'est bien ma veine, je visite l'Italie et je tombe sur un malade!
Quand il a fini, le paysan lui dit :
— Recommence.
— Ah non! J'peux plus!
— Recommence! Encore una volta!
Aïe aïe aïe, Maurice recommence... Pof pof pof...
Au bout de huit fois comme ça, il dit :
— Arrêtez, maintenant! J'en peux plus!
— T'es sûr que tu ne peux plus ? Bon, c'est très bien. Hé Maria! Viens : le monsieur, il va t'emmener à Palerme!

☆

C'est une bonne sœur très pieuse, sœur Marie-Ange des Zupercutte. Elle a un petit problème. Elle a une légère grippette. Elle se sent un peu grippoteuse et le dit à la Mère Supérieure :
— Oh, c'est vrai! Ce matin, en faisant mes dévotions, en m'agenouillant devant l'icône de sainte Blandine, j'ai toussé par trois fois.
Alors elle va voir le docteur Jacquot, 12 rue de l'Abbé-Achevé. Il lui dit :
— Écouteeez, je vais vous ausculter...

— Ah, restez poli! Je suis religieuse!
— Non : vous ausculter, ça veut dire que je vais vous faire un bilan de votre état de santé général. Alors je vous en prie, déshabillez-vous.
— JAMAIS! Je fais partie de l'Ordre des Sœurs Couvertes! Nous n'avons pas le droit de nous dévêtir.
— Écoutez, je ne peux pas vous ausculter si vous restez vêtue! Enlevez au moins le haut!
— Bon, si je ne peux pas faire autrement... Je veux bien faire une exception, mais que Blandine me pardonne...
Alors elle enlève le haut et le docteur peut utiliser son stéthoscope.
— Écoutez, ça me paraît pas mal. À mon avis, c'est un infection pulmonaire anodine. Mais pour en être sûr, il faudrait que vous enleviez le bas.
— Ah! Jamais! Je fais partie des Sœurs Couvertes Intouchables!
— Vous devez enlever le bas car je suis bien obligé, n'est-ce pas, de vous faire... Comment dirais-je... C'est purement médical... Un toucher rectal.
— Bon, s'il n'y a pas autre chose à faire...
Alors le docteur Jacquot lui fait le toucher rectal et lui demande :
— Bon, dites-moi trente-trois...
Et la bonne sœur lui répond :
— Un... Deux... Trois...

☆

Ça se passe dans un débat télévisé, et il y a le journaliste qui dit au politicien :
— Vous exagérez, tout n'est pas de la faute des juifs!
— Écoutez, prenez un événement historique au hasard et on constate que c'est souvent de leur faute : tenez, par exemple, le *Titanic*...

— Alors là, le *Titanic*, je ne vois vraiment pas en quoi les juifs sont responsables !
— Et iceberg, c'est un nom français, ça ?

☆

C'est un Sénégalais, mouiiis, pour lui-même, qui a fait ses études en France. Il est médecin et il a plein de diplômes. Alors toute sa famille lui dit :
— Maintenant que tu es complètement européen, que tu as les diplômes, là mouis, que tu es docteur, que tu es présentement installé Aaavenue Mooozart pour toi-même, il faut perdre tes réflexes africains, tes réflexes triiibaux !
Effectivement, il oublie cette savane qui l'a vu naître. Sauf un soir. Il craque. Il fait la connaissance de Ginette. Ils discutent et Ginette lui demande :
— Qu'est-ce que tu fais comme boulot, aow ?
— Ah, je suis chirurgien, là. J'ai fait également une capacité en droit, pour toi-même.
— Oh là là, t'es une grosse tête, toi, aow !
Bref, ils se plaisent bien, et ils font l'amour. Et à chaque fois qu'ils font l'amour, le type pète. Alors Ginette lui dit :
— Mais qu'est-ce qui te prend, aow ?
— Écoute, je vais te dire... Quand zizi content, cucu tam-tam !

☆

C'est une péritapé... péripaté... une pute, quoi ! Elle est ce qu'on appelle une indépendante. C'est-à-dire qu'elle fait le bois de Boulogne la nuit avec sa petite voiture. Un jour, elle veut s'en acheter une autre. Elle va dans un magasin et dit :

— Booonjour mon loup! J'voudrais une bagnole d'ooocaze!
Alors le vendeur lui répond :
— Oui, très bien. De quelle couleur vous la voulez ?
— Couleur sperme, c'est plus pratique pour les retouches!

☆

C'est un jeune Espagnol qui se promène le soir avec sa fiancée au bord d'une falaise. Ils sont là et ils regardent le paysage qui est magnifique. A un moment, il lui dit :
— Dolorès ?
— Si ?
— Voulez-vous m'épousser ?.... Aaaaaah!!!!

☆

C'est Maurice qui demande à sa femme dont c'est l'anniversaire :
— Qu'est-ce qui te ferait plaisir, dis-moi ? T'y as tout! Moi, j'ai plus d'idées! T'y as voulu le vison, t'y as eu le vison. T'y as voulu la Lancia, t'y as eu la Lancia! C'est pas que je veux pas te faire un cadeau, mais j'sais plus quoi faire!
— Mauriiice, j'peux t'dire ce qui m'ferait plaisir ?
— Dis-le!
— Écoute, tu vas trouver que c'est une idée un peu folle, mais j'ai toujours rêvé d'avoir un stérilet en or.
— Bah bah bah, un stérilet en or : t'y es folle ou quoi ? Et en plus, personne ne va le voir! Ça va coûter une fortune et personne ne va le voir!
— Mais moi, j'le saurai. J'aurai l'impression, j'sais pas, d'avoir de l'or dans moi-même. Comme... un rayonnement intérieur, tu vois ?

— Bon, si tu veux... Et où c'est que je vais faire fabriquer ça, moi ?
Il va chez un orfèvre et dit :
— Bonjour monsieur ! Vous pourriez me fabriquer un stérilet en or ?
— Oui, très bien...
Finalement, on lui fabrique le stérilet et c'est le docteur Jacquot qui le pose. Le soir, madame Bijaoui, c'qu'elle est contente ! Contente comme tout ! Elle se sent transformée ! Et l'Maurice, très en forme, il fait l'amour avec sa femme une fois, deux fois, trois fois, quatre fois, au point que sa femme lui dit :
— Ah là là ! Arrête, Maurice ! J'en peux plus ! Dis donc, t'y es drôlement en forme !
— C'est pas ça, mais disons que là, j'ai l'impression de rentrer dans mon pognon !

☆

C'est un chef d'État africain qui rend visite à François Mitterrand avec sa femme. Alors ils sont conviés à une petite réception. François adooore les petites réceptions. Il y a Danielle qui est là et on la met en face du président noir. Au bout d'un moment, voulant faire un compliment à madame Mitterrand, l'Africain lui dit :
— Ah, madame la présidente, comment vous avez les mains blanches et raffinées ! Comment faites-vous pour avoir les mains blanches comme ça, pour vous-même ?
— Eh bien, vous savez, depuis des années, lorsqu'il y a une réception, je mets des gants en peau de léopard.
— Ça c'est étonnant, parce que nous, ça fait des siècles qu'on met des slips en peau de léopard, et on a toujours les couilles noires !

☆

C'est Ginette qui se prépare à aller à une surprise-partie, et elle dit à sa mère :
— Maman, j'vais à une boum, aow. T'as repassé mes affaires ?
— Oui ma chériechhh. Oh oui, j'ai repassé ta minijupechhh. Même ton tee-shirtchhh.
Alors Ginette s'habille et sa mère lui dit :
— Mais ma chérie, voyons, tu ne vas pas aller à la surprise-partiechhh comme ça ! Tu n'as pas de slip !
— Dis donc maman, quand tu vas au concert, t'emmènes pas tes boules Quiès !

☆

C'est Maurice qui comme ça, par curiosité, rentre chez un armurier. Il regarde. Il y a des pistolets d'époque et tout. A ce moment-là, il y a un client qui entre et qui demande à l'armurier :
— Monsieur, je voudrais un revolver, s'il vous plaît.
— Oui. Combien de coups ? Six coups ? Neuf coups ? Automatique ?
— Je m'en fous, c'est un revolver pour tuer l'amant de ma femme.
— Ah non, monsieur ! Écoutez, écoutez... Je comprends très bien. C'est toujours désagréable d'apprendre qu'on est trompé. Ça fait toujours un petit pincement au cœur. Mais ne faites pas ça, monsieur. Le pardon, c'est beau, c'est généreux. Pardonnez à votre femme ! Vous verrez, vous vous sentirez mieux !
Finalement, il arrive à convaincre le type qui repart, et Maurice dit à l'armurier :
— Vous êtes fou ou quoi ? Pourquoi vous ne le lui avez pas vendu ? Qu'est-ce que vous en avez à

foutre, que le mec il tue l'amant de sa femme ? Vous, vous auriez fait une affaire !

— J'en ai rien à foutre, parce que l'amant de sa femme, c'est moi !

☆

Ça se passe dans le désert. Le désert de la mort et de la soif. C'est deux explorateurs qui sont perdus, alors ils n'ont pas le moral. Il y en a un qui dit :

— Qu'est-ce qu'on fait ? On marche ?

— Si tu veux. On marche.

— Bon, qu'est-ce qu'on fait maintenant, on s'arrête ?

— Si tu veux. On s'arrête.

— Bon, qu'est-ce qu'on fait ? On mange ?

— Si tu veux, on mange. De toute façon, j'm'en fous !

— Et maintenant, qu'est-ce qu'on fait ? J't'en mets un p'tit coup ?

— Ouais, bof, si tu veux. Tu m'en mets un p'tit coup.

Les jours passent et se ressemblent. Au bout de trois mois, ils n'en peuvent plus, et le premier dit à l'autre :

— Bon, qu'est-ce qu'on fait, on marche ?

— Si tu veux, on n'a qu'à marcher. Y'a que ça à faire, alors...

— Et maintenant, qu'est-ce qu'on fait ? On s'arrête ?

— Si tu veux. De toute façon j'm'en fous...

— Bon, et maintenant qu'est-ce qu'on fait ? On mange ?

— Ouais, si tu veux. Y'a qu'à manger.

— Bon, dis-moi, qu'est-ce qu'on fait ? J't'en mets un p'tit coup ?

— Dis donc, tu ne serais pas un peu pédé, par hasard ?

☆

Ça se passe dans un camp de nudistes, et il y a un monsieur qui est chauve. Il s'approche d'une Ginette qui n'est pas chauve, loin de là, elle est plutôt bien fournie. Disons qu'elle a une jolie petite salade, et le monsieur chauve lui dit :
— Excusez-moi, ça ne vous gênerait pas si je vous prenais sur mes épaules ?
— Pour quoi faire, aow ?
— Ben, c'est ma femme. Elle voudrait savoir l'effet que ça ferait si je mettais une moumoute...

☆

Une petite devinette : A quoi reconnaît-on un danseur de lambada ?
Il a le genou mouillé !

☆

C'est un Belge qui va voir le docteur Jacquot et qui lui dit :
— Je ne me sens pas bien. J'ai le ventre ballonné et je dors mal.
— Écouteeeez, je vais vous examiner... Bon, ce n'est rien de grave. C'est juste un peu de fatigue. Vous prendrez tous les jours un verre de lait chaud et un bain chaud. C'est très simple comme traitement.
Le Belge revient quinze jours après. Dans un état !
— Ça va pas du tout, docteur... Pas du tout...
— Vous n'avez pas fait ce que je vous ai dit ?
— Si ! Le verre de lait, ça va, j'arrive, mais le bain, j'ai jamais pu le boire entièrement !

☆

C'est Jean-Guytou qui va voir le docteur Jacquot.
— Écoutez, docteur, il m'arrive un truc épouvantable !
— Allez-y, je vous écoute !
— Voilà. Je suis persuadé que je suis « enceint ».
— Comme ça ?
— Ben oui, je suis « enceint ». Je suis peut-être le premier de l'histoire de l'humanité mais je suis sûr que je suis « enceint ». J'attends un enfant ! Un bébé, quoi !
— Écouteeez, ça me paraît biologiquement impossible.
— Mais j'ai TOUS les symptômes ! Tous ! La nuit, je me lève, je mange des fraises, des groseilles, des framboises, et j'ai des nausées le matin. Regardez le tour de taille que j'ai pris ! Je gonfle à vue d'œil ! J'en suis sûr !!
Le docteur Jacquot en a marre, alors il dit :
— Eh bien, écouteeez, admettons. Alors vous serez le premier homme à attendre un enfant...
— Oui, mais alors, il y a une question grave : qu'est-ce que je vais avoir ? Une fille ou un garçon ?
— Je ne peux pas vous dire... Car, voyez-vous, dans la rose, on trouve la fille. Dans le chou, on trouve le garçon. Mais alors, dans l'oignon...

☆

C'est Ginette qui va au BHV avec un grand manteau et elle vole tout ce qui lui tombe sous la main. Un jour, elle se fait piquer par le détective. On appelle la police et on l'envoie au poste. En plus, figurez-vous qu'elle est enceinte de six mois. Le commissaire lui dit :

— Alors ! Qu'est-ce que ça veut dire, ça, ma fille ? Hein ?! On vole dans les grandes surfaces, maintenant ?
— C'est pas de ma faute, commissaire. C'est de famille. On est cleptomanes de père en fille, aow. Mon père était comme ça, mon grand-père était comme ça, aowww...
— Ah bon ? C'est une maladie ? C'est donc le docteur qu'il vous faut !
Alors on l'envoie chez le docteur Jacquot, et il lui dit :
— Alors, cleptomaniiiie ! Je vais vous examineeer. Déshabillez-vous.
Là, le docteur Jacquot constate qu'il y a une espèce de mousse avec des bulles qui s'échappe de... de... la tirelire à Ginette.
— Mais c'est très curieux ! Qu'est-ce que ça veut dire ?
— C'est encore la cleptomanie-aow. J'vous disais que c'est de père en fille ! C'est ce matin, le petit, il m'a piqué la savonnette...

☆

Vous connaissez le couple maudit, Jean-Loup et Ginette, aow ? Jean-Loup n'est pas content parce que Ginette, au lit, elle ne se montre pas très ardente. Elle est même un peu molle, quoi, alors que Jean-Loup, c'est un mec qui a du tempérament. Et il lui dit :
— Écoute ma chérie, en amour, il serait temps que tu changes. Je sais pas moi, évolue ! Prends modèle sur le PMU. Tiens ! Le PMU, il est passé du tiercé au quarté plus.
— Oh là, là, aow ! « Quarté plus » ? Mais je risque une déchirure, aow !

☆

C'est le petit Dédé de Marseille qui dit à sa mère :
— Maman, pourquoi le zizi des messieurs, des fois il est petit et des fois il est grand ?
— Eh ben, mon chéri, tu comprends, les zizis, c'est un peu comme tout ! Y'en a des intelligents, et y'en a des bêtes.
— Putaing, tout à l'heure, papa, quand la bonne est rentrée dans la salle de bain, il était vachement intelligent !

☆

Ça se passe en Corse, et c'est un retraité qui a un jardin un peu bizarre : il fait une grande superficie mais il n'y a rien qui pousse. C'est une espèce de superficie plane, vide, triste. Un jour il y a un touriste parisien qui arrive et qui lui dit :
— Mais vous avez un jardin vraiment bizarre... Vous n'en faites rien ?
— Hé, j'en fais rien... J'en fais rien... Y'a rien qui pousse, oui !
— Écoutez, ça m'étonne beaucoup. Vous permettez que je regarde ?
Il ramasse une poignée de terre et dit :
— Comment ça ? Mais il n'y a rien qui pousse là-dedans ?
— Hé, j'en sais rien, moi, y'a rien qui pousse...
— C'est pas possible ! Vous permettez que j'aille faire analyser ce morceau de terre ?
Il va le faire analyser, il revient et dit :
— Mais c'est une terre excellente ! Je ne comprends pas qu'il n'y ait rien ! Je vous assure que si vous plantez...
— Hé, sûr ! Si je plante...

☆

LES NOUVELLES
ROUCASSERIES

C'est le docteur Jacquot qui reçoit un coup de fil en pleine nuit :
— Allô, docteur ? Vous pouvez venir, vite ? C'est grave !
— Écouteeez, que se passe-t-il ?
— Ben voilà, mon mari a... les... testicules qui grossissent comme des melons.
— Tant mieux, madame, je n'aime pas me déplacer pour des prunes.

☆

C'est Ginette qui est à la maternité et qui accouche d'un petit garçon. Mais son bébé est un peu bizarre parce qu'il a un poing fermé et qu'il n'arrête pas de rire. Alors Ginette appelle le docteur :
— Docteur, aow ! Vous êtes sûr qu'il est normal ? Il a le poing tout fermé comme un communiste, aow ! En plus, il n'arrête pas de rire, aow !
— Écouteeez, nous allons voir ce qui se passe.
Au bout d'une heure, ils arrivent à desserrer le poing du bébé... et à l'intérieur, qu'est-ce qu'ils trouvent ? Une pilule !

☆

C'est deux bidasses marseillais qui sont en permission, con. Ils font la fête et ils sont bourrés, mais bourrés comme des cochons ! A un moment, comme tous les bidasses, ils veulent aller voir les filles : ils arrivent dans une maison close et disent :

— Bonjour madame... il vous reste pas deux... deux gonzesses ?
La mère maquerelle voit qu'ils sont complètement pétés. Elle se dit que ce n'est pas la peine de leur donner des filles. Alors elle leur donne deux poupées gonflables et elle les enferme dans une chambre. Le lendemain matin, ils se réveillent et il y en a un qui dit :
— Oh ! Ça s'est bien passé, toi ?
— Ben moi, il ne s'est rien passé. J'étais trop bourré. Je me suis couché et je me suis endormi ! Et toi, ça s'est bien passé ?
— Oh putaing, moi, non ! J'suis tombé sur une gonzesse bizarre ! Figure-toi que pour rigoler, je lui ai mordu le cul. Elle a pété et elle a sauté par la fenêtre en sifflant !

☆

C'est Ginette et Jean-Loup. Ça va, aow, ils ne galèrent plus. Jean-Loup a un bon boulot. Ils ont trouvé un appart, rue Damrémont, avec des poutres apparentes, aow. Ils ont la télé, le lave-vaisselle, et ça marche tellement bien qu'ils ont même pu engager une bonne, une jeune étudiante belge. Un matin, elle fait le lit et elle trouve un préservatif. Et la voilà qui dit :
— Quelle horreur !... Mais alors, quelle horreur ! Quelle horreur ! ! !
Ginette lui rétorque :
— Quoi, quelle horreur, aow ? Vous n'allez pas me dire qu'on ne fait pas l'amour, en Belgique ? !
— Ah si, mais pas au point d'y laisser la peau !

☆

C'est Maurice. Il a monté une petite entreprise qui marche bien. C'est qu'il a le sens du commerce. Il a monté la société de transports Pur Porc. Son slogan, c'est : « Les transports Pur Porc, Toujours à Bon Port ! » Bref, ça marche formidablement bien. Il a du personnel et tout. Des secrétaires très bien, dont une qui est vachement mignonne. C'est Ginette, aow. De temps en temps, le matin, il arrive et il lui dit :

— Ça va, Ginette ? Ça vaaaa ? Pas trop de travail, aujourd'hui ?

— Non, monsieur le directeur, aow !

Un soir, vers sept heures, la Ginette lui explique :

— Monsieur le directeur ? J'trouve qu'il n'y a pas assez de contacts entre le personnel et la direction. J'veux dire, aow, ça pourrait être plus... au niveau du vécu, quoi, j'veux dire, aow... On pourrait peut-être plus échanger des idées, tout ça...

— Moi j'ai rien contre ! J'ai rien contre !

— Ça vous dirait de venir prendre un verre chez moi, aow ?

— Bah bah bah ! Mais bien sûr !

Alors Ginette emmène son patron chez elle. Ils arrivent dans le salon et elle lui dit :

— Bon, ben, monsieur le directeur, aow, je... je vous attends dans ma chambre, aow.

Et le directeur se dit :

— Bon, on ne perd pas de temps ! Elle m'emmène chez elle, elle m'attend dans sa chambre, c'est tout bon !

Alors il se déshabille. Il se met entièrement à poil, il rentre dans la chambre de Ginette, et là, la lumière s'allume et tout le personnel fait :

— Joyeux a-nniversaiiire, joyeux anni-versaiiire...

☆

C'est un Anglais qui séjourne en France et qui raconte à un employé de mairie :
— Mais chez nous, quand un garçon fait la connaissance d'une fille, il lui arrive souvent de rester un an entier avant d'oser lui voler un premier baiser.
— Putaing, un an! Nous, on a déjà touché les allocs!

☆

C'est un jeune couple belge qui vient de se marier et la jeune femme est très libérée. Elle dit à son mari :
— Écoute, Jeff, il faut qu'on règle les problèmes sexuels entre toi et moi, une fois. Faut qu'on arrive à en parler sans hypocrisie. Faut se débarrasser de tous ces tabous! Faut absolument voir le côté sexuel de nos rapports avec le plus de simplicité possible!
— Tu as raison! Alors comment va-t-on faire, une fois?
— C'est très simple! Si tu as envie de faire l'amour, tu me touches les seins une fois! Et si tu n'as pas envie, tu me touches les seins deux fois! J'comprendrai!
— Ben alors, on va faire pareil, hein? Toi, si tu as envie de faire l'amour, tu me touches la zézette une fois. Et si tu n'as pas envie, tu me touches la zézette une cinquantaine de fois!!!

☆

C'est un couple d'Anglais qui font l'amour, et le mari dit à sa femme :
— Oh! My darling! Je vous ai fait mal?
— Non, pourquoi?
— Vous avez bougé!

☆

C'est un monsieur qui va voir le docteur Jacquot.
— Ma qué, je ne comprends pas, lui dit-il. Il m'arrive ouna chose, vous voyez. Le soir, dottore, quand ma femme elle se déshabille devant moi, au lieu que ce soit mia zigounette qui enfle, c'est mon orteil !
— Mais c'est extrêmemeeent curieuuux ! Je vais voir ce que je peux faire pour vouuus !
Alors le docteur Jacquot lui montre quelques photos suggestives découpées dans *Lui* et dans *Play-Boy*. Et effectivement, le mec a l'orteil qui enfle !
— Dites-moi, docteur, vous pouvez faire quelque chose pour moi ?
— Non, mais j'ai un conseil à vous donner. N'achetez plus de préservatifs, achetez des chaussettes !

☆

C'est un marchand de spiritueux qui reçoit un coup de fil en pleine nuit :
— Allô ?
— Oui...
— Vous êtes marchand de spiritueux ?
— Absolument, monsieur.
— Est-ce qu'il vous reste une bouteille de Clos-Vougeot 1947 ?
— Ooooh... Ben je dois avoir ça, oui.
— Eh ben vous pouvez vous la foutre dans le cul !
Le mec raccroche et, un quart d'heure plus tard, le même type appelle :
— Allô ? Vous pouvez l'enlever ! Elle est chambrée maintenant !

☆

C'est trois vieilles dames qui prennent le théchhh : madame Grinder, madame Saillard et madame Leclerc. Ce sont des vieilles dames très strictes et très conformistes, et il y a beaucoup de choses qu'elles ne savent pas. Ainsi, madame Grinder demande à madame Saillard :
— Dites, madame Saillard, je vous demande ça à vous parce que je ne sais pas à qui je pourrais le demanderchhh. Qu'est-ce que ça veut dire, « sodomiserchhh » ?
Madame Saillard ne sait pas trop mais répond :
— Oh, à mon avis, je suppose que c'est quand on émet une flatulence.
— Ça doit être ça... Je ne savais pas...
Quinze jours après, madame Grinder se précipite chez le curé pour se confesser :
— Mon père! J'ai fait une chose horriblechhh!
— Je vous écoute, ma fille, avec toute la tendresse qu'un prêtre peut vous offrir.
— Eh bien voilà, mon pèrechhh, figurez-vous que j'ai été sodomisée pendant la messe!
— Ma fille! Quelle horreur! Mais comment cela est-il possible ?
— Qu'est-ce que vous voulez, j'ai serré les fesses mais il est passé quand même!

☆

C'est un monsieur âgé, relativement classe, qui sort du casino. Un joueur « invertébré ». Là, il fait la connaissance d'une ravissante créature. Il arrive à la ramener dans sa chambre d'hôtel et la ravissante créature se déshabille lascivement, aow. Et quand il s'aperçoit qu'elle a un soutien-gorge rouge et une culotte noire, il lui dit :

— Ahhh ! Rouge et noir ? Tout sur le noir !
Il ouvre sa braguette et alors il ajoute :
— Rien ne va plus !

☆

C'est un monsieur qui est soupçonné de viol, et comme l'inspecteur Colombin mène l'enquête il lui demande :
— Est-ce que vous pouvez me dire, monsieur, où vous étiez dans la nuit de samedi à dimanche ?
— Ben... Dans la nuit de samedi à dimanche, j'étais chez moi et je regardais Canal Plus.
— Et qu'est-ce que vous faisiez ?
— Ben... j'étais en train de me... de me... j'me, hé hé hé, je me tripotais, quoi !
— Et vous voudriez nous faire avaler ça ? !

☆

C'est Ginette et Josie qui évoquent des souvenirs d'enfance.
— Moi, quand j'étais petite, aow, quand j'étais bébé, mon père, pour m'endormir, il me faisait sauter sur ses genoux.
— Ça suffisait ?
— Ouais, parce que chez nous, le plafond, il était bas.

☆

C'est une petite fille qui demande à sa grand-mère :
— Mémé ! Mémé ! C'est quoi, un amant ?
— Un amant ?... Oooooh... Euhhhh...

Et tout à coup la grand-mère s'exclame :
— Oh! Mon Dieu!
Elle ouvre le placard, et il y a un squelette dedans.

☆

C'est Maurice qui veut acheter un costume à son fils. Il va chez Robert, un copain à lui qui est dans le vêtement.
— Bonjour Robert! T'y aurais pas un costume pour le p'tit? Il a treize ans mais on dirait qu'il en a quinze, tu vois le genre? Il est en pleine crise de croissance! T'y aurais pas un costume en toile, léger, pour l'été?
— Attends, je regarde... Ouais, j'ai c'qu'il faut! Regarde, c'est de la toile, impeccable. Tu vas voir sur la Côte d'Azur comme il va emballer! Beau costume, tu vas voir! Inusable, et il ne rétrécit pas. Le tissu, il tient, il dure, tu vas être content! Tiens, j'te fais un prix!
Maurice s'en va avec son fils, et ils se promènent au bord de la Seine quand le petit tombe dans l'eau! Et quand il ressort, tout d'un coup, le costume se met à rétrécir, rétrécir, rétrécir... Maurice est furieux!
— Putain, Robert, il s'est foutu de ma gueule! Il va m'entendre, crois-moi! Viens mon fils, on y va!
Alors il retourne chez Robert et lui dit :
— Et alors?! Et alors, t'y as vu ça?!!
— Putain! Quelle crise de croissance il te fait, ton fils!!!

☆

C'est encore Maurice qui, en revenant d'Afrique, a ouvert un café. En plus, il a ramené un chimpanzé qu'il a installé à côté de la caisse. Un jour,

Eugène Poulossière rentre dans le café complètement bourré et Maurice lui demande :
— Qu'est-ce que ce sera, pour monsieur ?
— Un whisky pour moi...
Il regarde le chimpanzé et il rajoute :
— ... Et une bouteille de champagne pour la dame !
A peine servi, le chimpanzé prend la bouteille de champagne et la casse sur la tête de Poulossière qui s'écrie :
— Ces gonzesses, toutes les mêmes ! Dès qu'elles ont un manteau de fourrure, elle se croient tout permis !

☆

C'est le frère du docteur Jacquot qui, lui, a réussi dans l'industrie. Il a monté une usine de chapeaux. Un jour, il réunit ses employés et leur dit :
— Écouteeez, pour des raisons publicitaires que vous comprendrez aisément, je vous demande simplement de porter un chapeau quand vous sortez de l'usine.
Et là il y a un employé qui fait :
— Chouette ! Oh... J'suis content ! On peut dire que j'ai de la chance !
— Mais pourquoi vous dites ça ?
— Ben parce que, avant, je travaillais dans une fabrique de suppositoires !

☆

C'est madame Grinder qui prend le trainchhh parce qu'elle va à Meulin voir une vieille cousine. Vous savez, madame Grinder, quand elle voyage, elle est organiséechhh. Dans son sac, elle a un vieux *Télé-Poche* qui date de 1975 parce qu'il y avait la recette de la tourte, alors elle l'a gardéchhh. Elle a aussi son tricot. Elle est là, très occupéechhh,

quand un bidasse entre dans le compartiment et lui dit :
— Salut, m'dame! Oh, salut! Faites comme si j'étais pas là, hein?
Et là le mec se fout à poil, carrément, s'allonge sur la banquette en face de madame Grinder, s'attrape le scoubidou et commence à se secouer ça énergiquement. Puis, sa petite affaire terminée, il se rhabille, se rassied, s'allume une cigarette et dit à madame Grinder :
— J'espère que la fumée ne vous dérange pas?!

☆

Ça se passe pendant la Feria de Nîmes. C'est un Belge qui voudrait entrer sans payer, alors il est là, devant l'entrée des artistes, et il y a un grand gaillard barbu qui passe et qui dit :
— Matador!
On lui répond :
— Entrez!
Un deuxième mec passe et fait :
— Picador!
Et le portier répond :
— Je vous en prie, allez-y.
Alors le Belge se jette à l'eau et dit :
— Lingot d'or!

☆

C'est un brave pépé qui est assis sur le pas de sa porte. Il est vieux, vieux, mais vieux!, au point qu'il a oublié, ça arrive, de boutonner sa braguette. Il est là, un peu fracassé par le soleil du Midi, et alors il y a une petite fille qui passe et qui lui dit :

— Hé, père François! Hé, hé, regardez! La fenêtre est ouverte!
— Hé, c'est une habitude. On laisse toujours les fenêtres ouvertes quand il y a un mort à la maison!

☆

C'est Ginette qui est au café en train de discuter avec sa copine Josie. Ginette, elle a des côtés très pudiques. Elle n'aime pas trop parler de sa vie privée tandis que Josie, c'est l'inverse, elle aime bien savoir, aow...
— Ginette, aow, comment ça se passe avec Jean-Loup ?
— Oh, écoute, ça me gêne de t'raconter ça, aow, quand même.
— Si, si! Dis-moi! Alors d'abord, quel est l'endroit où tu préfères être embrassée, toi ?
Ginette, comme elle est très pudique, elle regarde Josie et lui répond :
— Coq.
— Comment ça, coq ? Qu'est-ce que ça veut dire ?
— Coq, comme l'animal.
— J'comprends pas!
— Ben, épelle doucement...

☆

Ça se passe en Afrique, au siècle dernier, et c'est une dame qui habite là, quelque part dans la brousse. Il y a un très beau lac et, de temps en temps, elle va se baigner. Le lac est plein de crocodiles, mais les crocodiles ne l'attaquent jamais. Ils la connaissent, ils la voient tous les matins... Un jour qu'elle prend son bain, il y a un jeune crocodile qui est là et qui se dit :

— Slurp ! J'irais bien me la bouffer, celle-là !
Il commence à se diriger vers la dame et, là, il y a un vieux crocodile avec un drôle d'accent qui le retient par la queue et qui lui dit :
— T'y es fou, ou quoi ? On ne touche pas à madame Lacoste !

☆

C'est Bruno Tortellini, ma qué bello, c'est un play-boy italiano formidable. Il a plein de trucs pour attirer les filles. C'est un vrai professionnel ! Un soir, il invite Ginette chez lui pour boire un coup dans son petit stoudio magnifico près de La Défense, avec plein de photos de femmes nues et aussi un très beau berger allemand.
— Oh là là, aow ! fait Ginette. Qu'il est beau, ce chien, aow ! Comment il s'appelle ?
— Il s'appelle Rex.
— Oh c'est très original, aow !
— Et puis alors, il est formidable, hein ! Il sait tout faire ! Il sait même faire l'amour, mais alors comme un homme !
— Oh, c'est pas vrai, aow ? Je vous crois pas, aow !
— Si, si. Rex, tu veux faire voir à la demoiselle ?
Mais le chien ne bouge pas.
— Allez, Rex, ne fais pas ta mauvaise tête ! Montre à la demoiselle !
Le chien ne bouge toujours pas, alors Tortellini baisse son pantalon et dit :
— Rex, c'est la dernière fois que je te montre, hein ? !

☆

Une petite roucasserie très érotique. C'est une jeune femme qui soupire :
— Georges... Georges... Enlève mes bas... Aaaah... Georges, enlève ma jupe... Aaaah!... Georges, enlève mon soutien-gorge... Et que je ne t'y reprenne plus à mettre mes affaires!

☆

C'est un Français qui va aux États-Unis pour la première fois. Il arrive à l'aéroport de Miami et il est très content : il trouve ça très beau et très grand! Puis il va au bar de l'aéroport. C'est un très vaste bar avec un tabouret de bar très haut. Pour monter dessus, il lui faut presque une échelle. Alors le Français demande au barman :
— Je voudrais un Coca, s'il vous plaît.
Et on lui sert une lessiveuse de Coca! Carrément! Alors il dit :
— Non, mais je veux juste UN Coca!
Le barman lui fait :
— En Amérique, le Coca, c'est ça!
— Mais je ne vais jamais boire tout ça! Il y en a au moins trois litres!
Tout à coup, en buvant son Coca, il voit entrer un type immense. Il se dit que ce n'est pas possible, que ce type est forcément un géant, mais le type lui fait :
— Mais non, je ne suis pas géant, je suis américain, et en Amérique on est tous comme ça!
Le mec trouve ça formidable! Il cherche les toilettes et il se trompe de porte : il pousse la porte marquée « privé », et le voilà qui tombe dans une piscine! Alors il se met à hurler :
— Tirez pas la chasse!!!

☆

Ginette est contente parce qu'elle a décroché un petit rôle dans un film. Malheureusement, c'est un film classé X. Alors Ginette va voir le producteur et lui dit :
— Mais enfin, je viens de lire le script, aow! J'ai rien à dire, aow? Même pas un mot?
— C'est normal, une jeune fille bien élevée ne doit jamais parler la bouche pleine.

☆

C'est madame Grinder qui prend le théchhh avec madame Saillard, elles discutent et madame Saillard lui dit :
— En ce moment je suis inquiète, vous savez, madame Grinder?
— Et pourquoi ça, ma bonnechhh?
— Eh bien je suis inquiète parce que mon fils me fait une maladie.
— Quel genre de maladiechhh?
— Il me fait le complexe d'Œdipe.
— C'est pas grave. Du moment qu'il aime sa mèrechhh!

☆

C'est Ginette qui a trouvé du travail-aow. Il était temps! Elle s'est présentée devant son patron, et son patron lui a dit :
— Mademoiselle, je vous pose une petite question d'usage...
— Je vous en prie, allez-y.
— Excusez-moi de vous parler brutalement, mais savez-vous la différence qu'il y a entre une pipe et une salade niçoise?

— Non, pas du tout, aow...
— Très bien, alors allons déjeuner.

☆

Cette fois, c'est Ginette et Josie qui discutent et soudain Ginette demande :
— Qu'est-ce que tu lis dans le journal, aow ?
— Oh là là ! J'lis un article super ! Je lis que cette année, Caroline de Monaco ne fera pas d'enfant et que sa sœur ne fera pas de disque.
Là, il y a un pépé qui se retourne et qui dit :
— Ben y'a des années comme ça où tout va bien...

☆

C'est deux jeunes séminaristes, Jean-Xavier et Guy-Hubert, et c'est le père Favier qui leur enseigne la théologie. Un soir, ils enlèvent leurs uniformes, se mettent en civil et Guy-Hubert dit :
— Dis donc, Jean-Xavier, si on allait se faire un strip-tease ?
— D'accord, mais faudra pas le dire au père Favier !
— T'inquiète. A Pigalle, il y a un truc très bien. On va y aller.
Ils y vont, la strip-teaseuse arrive sur scène et, subitement, Jean-Xavier se lève et s'enfuit en courant.
— Mais qu'est-ce qu'il y a ? lui demande Guy-Hubert.
— Le père Favier m'a dit que si j'allais voir des spectacles comme ça je serais maudit, transformé en pierre...
— Et alors ?
— Et alors, je sens que ça commence !

☆

C'est madame Grinder qui est au téléphone avec son amie madame Saillard. Alors elles papotent et madame Saillard fait à madame Grinder :
— Quel temps vous avez, à Parischhh ?
— Oh ! Il fait uuuun vent ! Excusez-moi l'expression, je ne suis pourtant pas vulgaire, mais il fait un vent à décorner tous les cocus de la Terre !
— Oh là là ! Et le mari de madame Leclerc qui est sorti sans chapeau !

☆

Madame Grinder, quand elle reçoit à dîner, elle n'invite que des gens très bienchhh. Par exemple madame Saillard et madame Leclerc... Ce soir, elle leur a fait un petit dégradé de courgettes... Et puis elles ont convié un vieux colonel qui est charmant mais un peu gâteux. A un moment, le colonel a envie de faire pipi ; mais discrètement, quand même ! Alors il se lève et il va dehors faire pipi dans le jardin. Il préfère aller dans le jardin parce qu'il est un peu timide. Mais quand il revient, il a ses bottes trempées et madame Grinder lui fait :
— Alors, mon colonel, il pleutchhh ?
— Non ! Il fait du vent !

☆

C'est toujours la même réception avec madame Grinder, madame Saillard, madame Leclerc et le vieux colonel. Et madame Grinder est tombée sous le charme du militaire :
— Oh, colonel, vous êtes un homme exemplaire, lui dit-elle. Vous êtes un héroschhh. Pouvez-vous nous raconterchhh...

— Ah vous savez, moi, j'ai eu une vie terrible... Les bataillons d'Afrique, la bataille de la Marne, Douaumont, le Chemin des Dames, la bataille d'Alsace, la libération de Strasbourg, la prise de Berlin!...
Et tout en racontant, il met sa main tremblante dans sa poche et madame Grinder lui dit :
— Oh, mon colonel, quelle vie dangereuse! Mais vous jouez avec votre vie?!
— Non, je joue avec mes clés!

☆

Ginette a enfin rencontré l'homme de sa vie. Mais alors, il y a un petit malheur dans son bonheur, c'est qu'il est sicilien. Il s'appelle Enzo Pagalanounzia, et alors attention, les Siciliens sont très stricts. Quand ils se marient, ils veulent que leur fiancée soit totalement vierge, sinon ça ne leur plaît pas du tout. Alors la pauvre Ginette, elle ne sait pas comment faire! Elle est tellement amoureuse! Elle va voir le docteur Jacquot et lui dit :
— Vous comprenez, aow, si jamais il se rend compte que je ne suis pas vierge, mon mariage va être annulé, aow. On a déjà commandé la pièce montée, aow! Comment on peut faire?
— Écouteeez, c'est délicat... Il n'y a qu'une solution, c'est de faire une petite greffe.
— Ah? Comment ça, aow?
— Eh bien je vous prélève un morceau de peau quelque part, je vous le greffe dans la... hé hé hé... Et ça devrait faire l'affaire. La question reste de savoir où je pourrais bien vous le prélever... Voyons voir... Écoutez, je crois que j'ai trouvé! Je vais vous prélever un tympan, ça sera parfait, vous verrez!
Effectivement, l'opération se passe très bien. Ginette se marie avec Enzo Pagalanounzia et, la nuit de noces venue, elle s'allonge sur le lit, voluptueuse

et tout. A ce moment-là, Enzo entre dans la chambre et lui dit :
— Alors, ma chérie, tu es heureuse ?
Là, elle écarte les jambes et lui fait :
— Parle plus fort, aow !

☆

C'est l'histoire d'un vieux monsieur qui prend le train pour aller à l'étranger, dans un pays de l'Est. Il voyage dans le Transsibérien, et à un moment, il a envie d'aller aux « toiletteskaya », autrement dit les « chiottowitch ». C'est le mot local pour faire gros besoinski. Alors il demande au contrôleur :
— Pardon, monsieur, où se trouvent les toilettes ?
— Chiottoski pretonirasiosk...
— Bien, merci.
Le mec entre, s'assied sur la cuvette et fait sa grosse commissionskayou, son cacatovitch, et là, devant lui, il voit trois boutons. Il se dit :
— Tiens, c'est marrant ! A quoi ça correspond ?
Il appuie sur le premier et un petit jet d'eau tiède lui nettoie le postérieur. Du coup, il appuie sur le deuxième bouton, et une petite giclée d'air frais vient lui sécher le derrière. Sur le troisième bouton, il y a marqué « RTA ». Il appuie sur « RTA », et là, il ressent une douleur terrible et s'évanouit. Deux heures plus tard, il se réveille à l'hôpital et il y a une infirmière qui lui fait :
— C'est terrible, ce qui vous est arrivé !
— Aaaah ! J'comprends pas ! C'était quoi, RTA ?
— RTA, ça veut dire Retireur de Tampax Automatique.

☆

LES NOUVELLES
ROUCASSERIES

C'est une maman qui réveille son grand garçon :
— Henri... Henri... Il faut aller au lycée!
— Ah non! Non! Non non non!
— Allez, Henri, sois raisonnable! Tu dois aller au lycée!
— Non! Non non non non!!!!!
— Mais enfin, Henri, tu es le proviseur!

☆

Ça se passe à Paris sous l'Occupation. Il y a un officier allemand qui a un plan de Paris, mais il est complètement paumé. Alors il appelle un pépère qui passe et lui dit :
— Pardon, monzieur. Heu... Poufez-fous me expliquer pour aller izi... Rue du Pétit Chézu ?
— Rue du Petit Jésus ? Ah ben merde alors, j'connais pas celle-là! Vous avez un plan ? Faites voir.
— Ja! Rue du Pétit Chézu!
— Ah mais non, vous vous trompez! Ça c'est la rue de Ponthieu.
— Pon Thieu, Pétit Chézu... C'est pareil!!

☆

Ça se passe dans la brousse. Un petit macaque descend d'un arbre et voit un lion qui fait sa sieste. Le macaque le regarde et se dit :
— Tiens, c'est marrant, je ne me suis jamais fait un lion. Je vais profiter qu'il est endormi et je vais lui...
Alors il se glisse derrière le lion, il lui lève la queue et toc!
Évidemment, le macaque fout le camp tout de suite

après, parce que le lion n'est pas content et se met à chercher le singe partout partout partout.
Au bout d'un moment, le singe, qui ne sait plus où se mettre pour se dissimuler, déplie un journal pour se cacher derrière. Le lion passe et dit :
— Hé, le mec au journal, là !
— Ouiiii ?
— T'aurais pas vu passer un singe, un petit singe ?
— Heu... Celui qui s'est tapé le lion ?
Alors le lion dit :
— Merde, c'est déjà dans le journal ?

☆

C'est madame Grinder qui fait ses courseschhh.
Il y a un clochard qui s'approche d'elle et lui dit :
— M'dame, s'il vous plaît ! M'dame, m'dame !
— Qu'est-ce qu'il y achhh ?
— J'ai pas mangé depuis trois jours...
— C'est pas bien, il faut vous forcerchhh.

☆

C'est une mamy dans un autobus, pendant les heures de pointe. Elle est là, et tout d'un coup elle crie :
— Aaaah ! Ma p'tite boule ! Ma p'tite boule !
— Mais que se passe-t-il ? Voyons, madame, qu'y a-t-il ? demandent les gens autour d'elle.
— J'ai perdu ma petite bouuule !
— Ne pleurez pas, madame, on va vous la r'trouver !
Et tout le monde se met à quatre pattes dans le bus pour chercher la petite boule ; mais rien à faire, la petite boule a disparu.

— Écoutez, on est désolés, mais on a cherché partout et on n'a rien trouvé.
Alors la mémé met les doigts dans son nez et dit :
— Ça ne fait rien, je vais m'en faire une autre...

☆

C'est madame Grinder qui fait visiter le zoo à son petit-fils, et comme ils arrivent devant la fosse des éléphants, le petit-fils de madame Grinder demande :
— Mamiechhh ! Qu'est-ce qu'il a là, l'éléphantchh ? Làchhh ?
— Eh bien c'est la queue, mon chérichhh.
— Noooon ! Non non non ! Pas la queue ! Làchhh ?
— Ah oui, je vois ce que tu veux direchhh ! C'est la trompe.
— Noooon ! Mais non, pas làchhh ! Icichhh ? Pas la queue ni la trompe, le truc, là, juste au milieu, en entrant ! Le truc énorme qui pendouille !
— C'est rienchhh. C'est rien du toutchhh. Ne t'occupe pas de ça, ça ne te regarde paschhh.
Et là le gardien passe et fait :
— Rien du tout ? Putaing, madame est blasée, hein !

☆

Ça se passe dans un bois et un monsieur se dit :
— Tiens, aujourd'hui, comme il fait beau, eh ben je vais me foutre à poil, je vais me trouver un petit buisson tranquille où il n'y a personne et puis je vais m'endormir au soleil. Donc il va dans le bois, il se trouve un petit buisson peinard, il se déshabille, il roule ses vêtements pour s'en faire un petit oreiller et il dort, le trois-pièces-cuisine à l'air.
Il y a un chaud soleil printanier et les oiseaux

gazouillent gaiement dans les branches... Tout à coup, il y a une petite fille qui joue dans le bois avec son ballon, et paf, elle envoie le ballon et qu'est-ce qu'elle voit ? Le monsieur qui dort complètement à poil. Alors elle fait :
— Oh là là... Mais c'est pas comme Tatie et comme Maman ! Hé ! C'est quoi, ça ! C'est quoi que t'as, là ?
Le type se réveille et lui répond :
— Hein ? Quoi ? Ah... Ben... Hé hé hé... C'est rien... C'est un canard. C'est mon p'tit canard...
— Ah bon, ben d'accord.
Elle repart avec son ballon. Le monsieur se rendort et la petite fille, toujours en jouant, renvoie le ballon de l'autre côté du buisson. Là, quand même, la petite fille est intriguée :
— Un canard ? C'est curieux quand même... Ça m'étonnerait que ce soit un canard !
Et elle s'approche pour jouer avec le canard... Là, il se passe un chose horrible, le monsieur se réveille à l'hôpital et il a mal ! Il a mal ! Il n'en peut plus tellement il a mal.
— Mais qu'est-ce qui m'est arrivé ?
La petite fille se pointe dans sa chambre et lui dit :
— Ça va mieux ?
— Oui mais alors, comme j'ai mal ! Que s'est-il passé ?
— Eh ben écoute... J'ai voulu jouer avec ton canard, il m'a craché dessus, alors moi j'y ai tordu le cou, j'y ai écrasé ses œufs et j'ai mis le feu à son nid !

☆

Ça se passe dans une prison où trois détenus vont tenter de s'évader. C'est deux Français et un Belge. Alors ils mettent au point un petit plan et le Français dit :

— Ben c'est simple, quand le gardien a fini sa ronde, il y a un quart d'heure de battement. Alors voilà, on scie les barreaux, on traverse la cour, on escalade le mur et on passe de l'autre côté.
Le premier fait ce qu'il dit. Il traverse la cour, il envoie le grappin, il escalade l'enceinte et là, malheureusement, il fait tomber une pierre du mur. Paf!
Le gardien crie :
— Qui va là? Qui va là?
— Miaouuu! Miaouuu!
Le gardien croit que c'est un chat et ne dit rien. Le deuxième prisonnier fait pareil, il envoie le grappin, il escalade le mur, et là, il y a encore une pierre qui tombe. Le gardien revient :
— Qu'est-ce que c'est encore! Qui va là?
— Miaouuuu! Miaouuuu!
— Oh là là, c'est encore ce con de chat! Y'en a marre!
Vient le tour du Belge. Il envoie le grappin, il escalade le mur et là, il y a deux pierres qui tombent. Le gardien fait :
— Qui va là? Qui est là?!
— C'est le chat, une fois!

☆

Ce sont des p'tits gars qui viennent de commencer leur service militaire. Un jour, il y a un colonel qui arrive et qui passe une petite revue, histoire de savoir si tout va bien :
— Salut les gars! Contents d'être dans l'armée? On va passer un bon moment ensemble. Ha ha ha! Ça va faire de vous des hommes, bordel de merde! Et on se fout au garde-à-vous quand je parle! Un soldat, d'abord, c'est un guerrier. Qu'est-ce que c'est qu'un guerrier? C'est quelqu'un qui se bat avec tout ce qui lui tombe sous la main. Toi, là, qu'est-ce qu'on fait avec un poignard?

— Heu... Qui ?... Moi ? Avec un poignard, euh... On poignarde !
— C'est bien. Bonne réponse. Et toi là-bas, derrière, qu'est-ce qu'on fait avec un fusil ?
— Avec un fusil ?... Euh... Avec un fusil, ben on fusille !
— Bonne réponse !
Il y en a un au bout du rang qui a l'air complètement à côté de la plaque, il est mal rasé et on sent qu'il n'a pas envie d'être là. Le colonel lui fait :
— Toi là-bas, l'abruti, qu'est-ce qu'on fait avec un tank ?
— On tankule !

☆

C'est un petit garçon qui pleure, alors sa mère lui dit :
— Pourquoi tu pleures, mon chéri, aow ?
— J'veux aller faire pipi !
— J'vais t'emmener faire pipi.
— Non !! Non, je veux que ce soit Mémé !
— Pourquoi Mémé, aow ?
— C'est meilleur, elle tremble !

☆

C'est un sous-marin suisse qui est perdu dans le Golfe. Il tourne en rond, alors le commandant dit :
— Bon, radio, envoyez un SOS.
— Comment ça s'écrit ?

☆

C'est l'Eugène qui va s'confesser auprès du père Favier.
— Ben vous savez, mon père, de temps en temps, je pars un ou deux mois dans la montagne avec mon troupeau de porcs... et avec la solitude, tout ça, il m'arrive d'avoir des rapports avec l'un de mes cochons.
— Quelle horreur !! Des rapports avec un porc !! Mais un porc mâle, ou un porc femelle ?
— Ah ben, femelle ! J'suis pas pédé, quand même !

☆

Comment fait-on pour convertir un catholique à la religion de Luther ? C'est très simple, on lui donne un coup de pied au cul et il se retourne en protestant !

☆

C'est Maurice et sa femme. Ils ont une exploitation agricole où ils font un élevage de moutons, tout ça. Mais ça ne marche pas. Évidemment, il y a la crise et tout... Alors Maurice dit :
— Putain, on va faire des économies. J'ai une idée. On va vendre le chien, et maintenant, quand j'entendrai du bruit, j'aboierai moi-même !

☆

C'est un monsieur très chic, très aisé, qui a une maîtresse, et un jour sa maîtresse lui dit :
— Enfin, quand même, depuis dix ans qu'on se

connaît, tu ne m'as jamais offert un manteau de fourrure. Tu ne veux pas m'offrir un vison ?
— Mais ma chérie, je veux bien t'offrir un vison, mais le problème c'est ce que va dire ton mari ! Parce que si tu rentres à la maison avec un vison, il va te poser des questions.
— Ah, c'est vrai, je n'y avais pas pensé !
— Attends j'ai une idée. Je vais arranger le coup !
Il rencontre le mari et lui dit :
— Salut Maurice ! Dis donc, tu sais qu'on a organisé une tombola au club de bridge où je vais et j'ai pris un billet pour ta femme. Tu sais, elle a eu du bol, hein ? Elle a gagné un manteau de vison. Tiens, tu lui donneras.
— Ah ben oui, elle va être contente. Merci !
Ils se retrouvent le lendemain et le type lui fait :
— Alors, elle était contente, ta femme ?
— Chut ! Ta gueule ! Je l'ai offert à ma maîtresse !

☆

C'est une nurse qui promène un bébé, et madame Grinder se penche au-dessus du landeau en faisant :
— Oh ! Le charmant bambinchhh ! Regardez comme il est poteléchhh ! Comment il s'appelle ?
— Il s'appelle okazertugrickretkuf.
— Il est russe ?
— Non, son père est opticien.

☆

Ça se passe en pleine nuit, et ce sont deux flics qui coincent un drôle de type qui est en train de répandre de la poudre sous l'Arc de triomphe :
— Qu'est-ce que vous faites là ?

— C'est une poudre, c'est pour éloigner les éléphants.
— Mais vous êtes complètement fou ! Il n'y a pas d'éléphant sur les Champs-Élysées !
— Ben vous voyez, ça marche !

☆

Un type est arrêté sur l'autoroute par des gendarmes pour souffler dans le ballon. A ce moment-là, une dame arrive et dit :
— Je viens porter plainte parce que je viens de voir un exhibitionniste, là-bas, sur le parking de l'autoroute !
— Un exhibitionniste ? Racontez-moi comment ça s'est passé ?...
— Eh bien écoutez, j'avais garé mon auto pour me reposer un peu, alors il est arrivé avec sa voiture, et puis il est sorti... Il est sorti et il a commencé à se... à déboutonner son pantalon. C'était épouvantable !
— C'était peut-être juste pour satisfaire un besoin naturel ?
— Ah non, non ! Vous savez, monsieur l'agent, on voit bien une différence physique quand c'est juste pour un besoin naturel !
— Vous voulez dire qu'il avait une forte érection ?
— Ah non, non, non ! Il avait une Ford Fiesta !

☆

C'est Maurice qui va à la fête à Neu-Neu avec son fils. Il passe devant le manège et son fils lui dit :
— Papa ! Tu me payes un tour de manège ? Ça coûte cinq francs !

— Cinq francs ? Tu rigoles ! Regarde-les, ça fait trois minutes qu'ils sont à cheval et ils reviennent toujours au point de départ !

☆

C'est un petit Marseillais qui dit à son père :
— Putaing, papa, achète-moi un revolver.
— Je ne vais pas t'acheter un revolver ! T'es fada ?
— Achète-moi un revolver.
— Non ! ! T'auras pas de revolver ! Alors, qui c'est qui commande ?
— C'est toi, mais si j'avais un revolver...

☆

C'est la comtesse de Merlecourt la Minois qui parle à la baronne du Fermoir de Monsac et elle lui dit :
— Les hommes d'aujourd'hui sont moins respectueux que ceux de mon temps. Figurez-vous que jaaaadis, le baron Hector de la Grille du Parc fut amoureux de moi pendant vingt ans sans que je le susse !

☆

C'est un Blanc qui se fait arrêter par des cannibales dans la forêt. Alors ils l'attachent, ils préparent le feu, la marmite et ils lui demandent :
— Qu'est-ce que tu fais, dans le civil ?
— Dans le civil, je suis flic.
— Ouhhh ! Ah là là ! On va pouvoir se taper du blanc de poulet !

☆

C'est madame Grinder qui discute avec une de ses copines, madame Verjus, et madame Verjus lui dit :

— Eh bien vous voyez, madame Grinder, je n'ai jamais été fiancée. Je n'ai même jamais été mariée !

— Comment ? Jamais mariéechhh ? ! Mais quel âge avez-vous vouschhh ?

— J'ai soixante-dix ans. Même pas une aventure. Jamais mariée, rien. Et si hier je ne m'étais pas pris les pieds dans ma canne, je serais encore vierge !

☆

Saviez-vous que le bois de Boulogne a une particularité unique au monde ? C'est le seul bois où, par exemple, si vous donnez un coup de pied dans un buisson, il vous le rend !

☆

Ça se passe à Bruxelles et il y a un monsieur qui court derrière le tramway en criant :
— Hé ! Hé là ! Hé ho là ! !
Et alors il y a un passant qui lui dit :
— Ne courez pas comme ça ! Vous n'allez pas le rattraper !
— C'est dommage, je suis le chauffeur !

☆

C'est un jeune homme qui a fait une petite maquette et qui va la proposer à un imprésario.
— Bon, écoute mon fils, lui dit l'imprésario, j'te fais pas de promesse : j'écoute ça. Si c'est bon, je m'en

occupe. Alors rappelle-moi demain, t'auras des nouvelles.
L'autre tout content, le rappelle le lendemain :
— Allô, c'est moi qui vous ai laissé une maquette hier...
— J'ai deux bonnes nouvelles. Enfin... J'en ai une bonne et une mauvaise. Moi, ça ne m'intéresse pas. Ça, c'est la mauvaise nouvelle. Par contre, Barclay a trouvé ça excellent ! Mais c'est quand même une mauvaise nouvelle, parce que Barclay c'est mon chien.

☆

C'est une starlette qui se fait interviewer. Elle est très simple, vachement interpellée au niveau du vécu-aow. Alors elle passe à la télé et elle a amené son petit garçon, un petit monstre de trois ans qu'elle n'a pas pu faire garder.
— Arrête... Mais arrête ! Oui, aow, je disais... Où on en était ? Oui, je disais, aow, que quand j'ai connu mon producteur, il a été clair. Il m'a dit... Arrête ! Il m'a dit : « Vous verrez, avec moi, en moins d'un an vous aurez un oscar. » Et alors... Oscar ! Arrête ! Enlève les doigts de ton nez !

☆

C'est le père Favier qui fait la quête dans la rue pour les filles perdues. Et là, il tombe sur Maurice et il lui dit :
— Mon fils, s'il vous plaît, un geste pour les filles perdues.
— Ne vous inquiétez pas : moi, je leur donne toujours de la main à la main.

☆

C'est deux chiens qui se rencontrent, et le bouledogue dit au teckel :
— Ben dis donc, t'as dû vachement marcher, dans ta vie, pour avoir d'aussi petites pattes !
— Eh dis donc, toi, t'as dû en lécher, des culs, pour avoir une aussi grande gueule !

☆

Maurice ne va pas bien du tout. Il est dans une situation... Il a perdu son travail, il va être exproprié, sa femme est partie, bref il en a marre et il est, comme on dit chez Lotus, au bout du rouleau. Il voudrait se suicider mais il n'en a pas le courage. Il ne sait pas comment faire, alors il se dit :
— Bon, je vais aller dans la banlieue, je vais entrer dans le café où il y a le plus de loubards, je vais me repérer le plus gros d'entre eux, je vais l'insulter et il va me tuer. Comme ça, ça va aller vite.
Il entre dans un café où il y a un énorme loubard, mais alors un énooorme loubard qui joue au flipper. Maurice s'approche de lui et lui fait :
— Tu te lèves de là, grand con, que je puisse jouer ?
Le mec se retourne, le regarde et lui répond :
— Pfff !
Et il continue à jouer. Mais Maurice est bien décidé à le faire sortir de ses gonds :
— Dis-moi, grosse tarte, elles sont neuves, tes santiags ?
Et paf ! Il lui écrase le pied ! Le mec le regarde et se contente de faire :
— Pfff !
Et il continue à jouer. Alors Maurice prend son demi et dit au loubard :
— Tiens, regarde, c'est pas toi qui voulais une bière ?

Et paf ! Il la lui jette à la figure. L'autre ne bronche toujours pas et continue à jouer au flipper. Maurice ne sait plus quoi faire. Il se dit :
— Bon, allez, tant pis, je joue mon va-tout.
Il s'approche du mec qui est au flipper, lui baisse son pantalon, lui baisse son slip et lui met un doigt dans le derrière. A ce moment-là, le loubard se retourne et lui fait :
— Dis donc, tu cherches la merde ?

☆

Ça se passe dans la rue et il y a trois putes. Il y en a une qui est très jeune et très jolie, genre Ginette, et qui fait ça parce qu'elle est au chômage, aow. La deuxième a une cinquantaine d'années mais elle se tient encore bien. La troisième est très vieille, très très vieille, mais chose incroyable : il n'y a qu'elle qui travaille. Elle a même un succès fou ! Il n'y a qu'elle qui monte et qui descend toute la journée ! Alors les deux autres sont quand même un peu jalouses, et la plus jeune dit à sa copine :
— C'est pas possible, aow ! Mais comment elle fait, aow ? Quand même, elle est vieille et elle est moche, aow, et elle n'arrête pas de travailler, aow !
— Ben elle a un truc, un secret, quoi !
— C'est quoi son truc, aow ?
— Tu veux que j' te dise ? Elle a les dents qui branlent.

☆

Brigitte Lahaye a été arrêtée à la frontière belge. Elle était en train de boire au goulot du Manneken-Pis !

☆

LES NOUVELLES ROUCASSERIES

Tout le monde sait que certaines parties du corps humain, le soir, pendant le sommeil, discutent entre elles. Une nuit qu'un monsieur dort profondément, une discussion s'engage entre son orteil gauche et sa zigounette, et la zigounette dit :
— Ça va, l'orteil ?
— Ouais, ça va.
— Tu ne dors pas, là ?
— Ben non, l'autre con m'a fait marcher toute la journée. Alors j'en profite pour me détendre un peu. Et toi, la zigounette, ça va ? Ça baigne ?
— Oh... Ça va... Après tout, l'un dans l'autre...
— Moi, tu sais, être orteil, je voulais pas. C'est mes parents qui ont voulu. J'aurais bien fait autre chose parce que c'est pas une vie, la vie d'un orteil. Tiens, le matin, je n'ai pas le temps de respirer et de voir le soleil qu'il me fout un sac en laine sur la tête, puis il me glisse dans une gaine en cuir où il n'y a pas d'oxygène, et j'étouffe. Et après, toute la journée il me marche dessus ! Crois-moi, ce n'est vraiment pas drôle, d'être orteil !
— Et moi ! Tu crois que c'est drôle, d'être zigounette ?
— Ah quand même, t'as pas à te plaindre ! Tu vois du beau monde...
— Ouais... Bon, ça c'est vrai, je ne travaille pas à plein temps. Je fais des petites interventions rapides, c'est certain, mais quand même, d'être zigounette, ce n'est pas drôle. Tu sais ce qu'ils me font, à moi ? Ils me mettent un sac en plastic sur la tête et ils me secouent, ils me secouent jusqu'à ce que je vomisse, alors !

☆

C'est Maurice qui discute du tunnel sous la Manche avec un ami.
— Quand même, quelle réussite!
— Le tunnel de la Manche? T'y es fou ou quoi, c'est pas le plus long du monde! Le plus long tunnel, c'est celui de ma mère. J'ai mis neuf mois à le traverser. Je suis rentré en marchandise et je suis sorti en voyageur!

☆

De temps en temps madame Grinder va au spectacle, parce qu'elle fait partie d'une association qui s'appelle « Harmonie et Troisième Age ». C'est la Mairie de Parischhh qui a créé ça pour les vieuxchhh. Et donc, tous les premiers vendredis du mois, elle sort avec ses copines, madame Saillard et madame Leclerc. Ce vendredi-là, elles vont voir un opéra à Mogador, mais le ténor n'est pas fameux, il ne chante pas vraiment bien. Juste à côté de madame Grinder, il y a un spectateur qui a un panier de tomates et paf! il en balance une, et paf! il en balance une autre... Le ténor est bientôt couvert de tomates. Et quand il s'en va, il y a le spectateur qui fait :
— Une autre! Une autre!!
Alors madame Grinder lui dit :
— Faudrait savoirchhh! Quand il était là, vous l'avez bombardé de tomateschhh...
— Justement, il m'en reste une!

☆

C'est un couple très amoureux de la nature qui adore trouver des endroits insolites pour faire...

certaines choses. Un jour, à Courchevel, ils se sont couchés derrière un buisson et tagada. Un monsieur passe à côté et entend la femme qui fait :
— C'est exquis ! C'est exquis !
Et le mec lui répond :
— Ah non, c'est pas mes skis !

☆

C'est Chirac et Giscard qui sortent de l'Assemblée nationale et qui se promènent sur les Champs-Élysées. A un moment, il y a un avion qui passe dans le ciel et Giscard dit :
— C'est l'avion du président.
Et Chirac lui répond :
— Mais pas du touuuut !
— Bon alors, depuis qu'on parle d'union, vous faites tout pour me contrarier. Moi je vous dis que c'est l'avion du président !
— Écouteeez, absolument paaaas, c'est pas du tout çaaaa.
— Et pourquoi ça ne serait pas l'avion du président ?
— Regardeeez, il n'y a même pas les motards devant !

☆

C'est un petit garçon qui va au zoo avec sa mère. A un moment, ils passent devant la cage du gorille et le petit garçon dit :
— Eh, regarde maman, on dirait Demis Roussos !
Et sa mère lui répond :
— Mon chéri, ce n'est pas très gentil, ce que tu viens de dire !

A ce moment-là, il y a le gardien qui passe et qui dit :
— Ne vous inquiétez pas, madame, le gorille n'a pas entendu !

☆

C'est un Russe et un Lituanien qui achètent une bouteille de vodka et le Russe dit à l'autre :
— Camarade ! Je te propose qu'on partage en vrais camarades socialistes !
— Non non, je préférerais qu'on fasse moitié-moitié.

☆

Ce sont deux petits poissons rouges qui se trouvent dans le même bocal depuis dix ans. A part l'eau il n'y a rien dans le bocal, pas le moindre petit caillou pour les distraire, ni même une algue ! Un jour, les deux poissons se croisent et il y en a un qui dit à l'autre :
— Tu te rends compte, on est déjà jeudi !

☆

C'est un très vieux monsieur qui va se marier avec une jeune fille de vingt ans. Il est très riche, ça doit être pour ça ! Donc il se marie, et le lendemain il y a son copain qui lui demande :
— Alors, mon p'tit Gaston, comment ça s'est passé ? Tu t'en es bien sorti ?
— Ah le problème, ce n'était pas pour sortir !

☆

Ça se passe dans un château, et c'est Anguéran de Bethléem qui s'apprête à partir pour la croisade :
— Olà, page! Qu'on me porte mon armure! Olà, page! Que l'on m'ajuste ma selle et que l'on m'amène mon cheval! Olà, page! Que l'on me donne la clé de chasteté pour dame Anguérande! On lui donne la clé, mais il faut dire que dame Anguérande n'est pas terrible : elle n'est même pas repoussante, c'est carrément une horreur... Angéran de Bethléem vérifie qu'il a bien fermé la ceinture de chasteté de sa femme, et hop! il monte sur son cheval et il s'en va. Là, il y a son écuyer qui lui dit :
— La clé et la ceinture de chasteté, ce n'était peut-être pas très utile... Je ne vois pas qui aurait l'idée de se taper votre femme pendant votre absence. Ceci dit entre nous...
— T'as pas compris le truc ? Quand je vais revenir, je vais lui dire que j'ai perdu la clé!

☆

C'est deux bonnes sœurs, sœur Jocelyne des Stigmates et sœur Marie-Marthe de l'Immaculée-dans-les-Coins qui se sont achetées une R5 avec leur Livret A et l'aide de Dieu. Alors elles sont très contentes, et en traversant un petit village du Sud-Ouest, elles se laissent aller à un petit excès de vitesse. Là, il y a les motards qui les arrêtent et qui leur disent :
— S'il vous plaît, mes sœurs, vos papiers. Vous êtes passées à cent vingt, alors que c'est limité à cinquante!
— Écoutez, monsieur l'agent, on est désolées... Faut dire que la voiture est neuve, et on est peut-être un peu excitées...
— Ah non, je regrette ma sœur, mais là, c'est limité

à cinquante. Alors je me vois dans l'obligation de vous verbaliser.
— Oh, soyez gentil, monsieur le motard...
— Non non non, le règlement est le même pour tout le monde !
Bref, on ne sait pas comment les bonnes sœurs s'arrangent, mais elles arrivent finalement à passer un deal avec les motards et elles repartent. Quelques kilomètres plus loin, elles traversent un autre village à cent quarante et cette fois-ci elles se font prendre par les gendarmes.
— Vos papiers, ma sœur. Vous êtes passée à cent quarante alors que c'est limité à soixante.
— Oh écoutez, soyez gentil. On vient de tomber sur vos collègues dans le village précédent. Ils ont été très chics, ils ne nous ont pas verbalisées.
— Attendez, je vérifie... Allô ! Saint-Martin-du-Four ? C'est toi, Marcel ?
— Oui, je te reçois cinq sur cinq.
— Il paraît que tu aurais arrêté deux bonnes sœurs il y a vingt minutes ?
— Ah ouais, effectivement.
— Et tu n'as pas verbalisé ?
— Non, je les ai laissées partir. Et j'te conseille d'en faire autant...
— Et pourquoi ça ?
— Tu vas voir, hum... Elles font des pipes extraordinaires...
— Merci du tuyau, Marcel !
Alors le type raccroche et s'approche de la bonne sœur, déboutonne son pantalon et lui dit :
— Bon, ma sœur, on va peut-être pouvoir s'arranger ?
Et là, il y a sœur Jocelyne des Stigmates qui fait :
— Encore l'alcootest ?

☆

ROUCASSERIES

Ça se passe dans une réception un peu mondaine. A un moment, Maurice sort de sa poche un étui à cigares en peau de crocodile, s'approche d'un monsieur et lui dit :
— Vous fumez ? Prenez un cigare, ils sont bons, ceux-là !
— Non, merci beaucoup, mais je ne touche même plus une cigarette...
— Ah bon, tant pis.
Alors Maurice s'approche d'un autre mec et lui fait :
— Vous ne voulez pas un bon cigare ? Ils viennent de La Havane !
— Non merci. Excusez-moi, mais j'ai arrêté de fumer.
— Ah ? Bah tant pis, vous avez bien raison...
Et là il y a Robert qui se précipite sur Maurice pour lui dire :
— Et moi ? Tu m'en offres pas ?
— Eh ! Toi, je sais que tu fumes...

☆

C'est l'histoire d'un éléphant qui vient tous les jours boire dans le même marigot. Et chaque fois, systématiquement, il pose le pied droit sur le même nid de fourmis qui est là depuis dix ans. Au bout d'un moment, les fourmis en ayant marre de se faire écraser tous les matins, elles organisent une conférence pour prendre une décision. Tout à coup, il y en a une qui a une idée géniale :
— Voilà, demain matin, toutes les fourmis seront prêtes à sept heures moins le quart en tenue de camouflage. Et lorsque l'éléphant viendra boire, à mon signal, vous monterez toutes sur lui en silence. Je ne veux pas entendre un cri, hein ! Vous le couvrirez de la trompe à la queue, de bas en haut, et

quand la fourmi guetteuse qui se tiendra sur cette brindille sifflera, les cinq millions de fourmis piqueront l'éléphant toutes ensemble, vu ?
Tout le monde trouve ça génial et le lendemain matin, paf! ça démarre! Les fourmis montent sur l'éléphant, et quand la guetteuse siffle comme prévu, elles piquent l'éléphant à l'unisson.
— Tiens, il y a encore une feuille qui a dû tomber sur mon dos, se dit l'éléphant à ce moment-là.
Alors il pompe de l'eau avec sa trompe, la dirige vers son dos, et plouf, il s'asperge consciencieusement. Toutes les fourmis se retrouvent par terre, et aussitôt les ambulances comme les hôpitaux de campagne des fourmis sont débordés. Le général ne peut que constater le désastre : il n'y a rien à faire, l'éléphant continue de boire tranquillement. Mais tout à coup, il s'aperçoit qu'il y en a quand même une qui est restée accrochée à un poil de l'éléphant! En voyant ça, le général s'écrie :
— Nom de Dieu! On a encore une chance!
Alors il prend le porte-voix et ordonne :
— Étrangle-le!!!

☆

C'est un Japonais qui passe à la télévision, et il explique qu'il a inventé une pomme électronique :
— C'est une pomme électronique qui a non seulement le goût de pomme, mais qui peut avoir le goût de tous les fruits qui existent sur Terre.
Le speaker lui dit :
— C'est extraordinaire! Je peux essayer ?
— Je vous en prie!
Il lui tend alors une pomme un peu bizarre, de couleur bleue. Le speaker mord dedans et dit :
— Là, oui, ça a un goût de pomme! Et si je veux un goût de cerise ?

— Tournez ! Tournez !
— Ah oui ! Mais c'est formidable ! Ça a vraiment un goût de cerise, c'est incroyable ! Et si je veux, je ne sais pas moi, un goût de groseille ?
— Tournez ! Tournez !
— Ah oui, c'est de la groseille ! C'est génial ! Et le goût de mangue ?
— Tournez, tournez !
— Ça y est, ça a le goût de mangue ! C'est vraiment une invention formidable !
C'est tellement génial qu'un industriel français téléphone au Japonais et lui dit :
— Écoutez, je suis très intéressé par votre invention. Je voudrais commercialiser ça en France. Comme les Français sont très portés sur la chose, est-ce que vous pourriez fabriquer une pomme qui aurait le goût de foufoune ?
— C'est compliqué, mais je vais essayer.
Un mois après, le Japonais rappelle l'industriel et lui dit :
— Ça y est ! J'ai travaillé sur le projet que vous m'aviez dit, et le résultat dépasse toutes mes espérances...
Alors ils se rencontrent, le Japonais fait goûter la pomme à l'industriel et celui-ci s'exclame :
— Mais... Ça a un goût de merde !
— Tournez ! Tournez !

☆

C'est un monsieur qui rentre dans une pharmacie et qui demande à l'apothicaire :
— Heu... Bonjour monsieur, est-ce que vous auriez quelque chose contre le hoquet ?
— Ouais, ouais, bougez pas !
Avant que le mec ait pu faire quoi que ce soit, le pharmacien l'attrape par le col et lui fout deux

claques. Et puis on entend le type dire d'une petite voix :
— Mais c'était pas pour moi, c'était pour ma femme !

☆

C'est Bernard Tapie qui est invité à prendre le thé chez la baronne de Rothschild. Vous connaissez le franc-parler de Bernard Tapie, alors son secrétaire lui dit :
— Écoutez patron, vous avez votre franc-parler, mais quand même, chez la baronne de Rothschild, vous allez rencontrer le gratin de la société parisienne, donc faites un effort !
— Bon, ben d'accord, j'vais m'surveiller ! Pas d'problème !
Tapie arrive chez la baronne de Rothschild et dit :
— Ma chère baronne, serait-il un effet de votre bonté, sans vouloir vous obliger aucunement, de me servir mon thé léger, car j'ai l'habitude de ne point l'ingurgiter très fort.
— Mais bien sûr, monsieur Tapie !
Et la baronne lui sert son thé, mais elle oublie de lui mettre la cuillère. Et là, il lui dit :
— Et avec quoi j'touille ? Avec mes couilles ?

☆

C'est un général belge qui passe les jeunes conscrits en revue. Il se plante devant eux et leur dit :
— Bon, on va faire un petit exercice. Présenteeez armes !
Et là il y a l'adjudant qui fait :
— Ben excusez-nous, mon général, mais on vient

juste de s'installer dans le cantonnement, et pour l'instant on n'a pas d'armes!
— Ah bon, excusez-moi, autant pour moi! Alors, reposeeez armes!

☆

Quelle différence y a-t-il entre un gigot et un homosexuel? Pratiquement aucune, puisqu'on pique un gigot à l'ail et un homosexuel à l'oignon.

☆

C'est Ginette qui fait des confidences à Josie, et elle lui dit :
— Oh là là! Tu sais ce qu'il m'est arrivé hier, aow? J'étais aux Bains-Douches, oh là là aow, et je suis sortie avec Yannick Noah!
— Sans blague! Il était pas blessé?
— Non non, il allait bien, aow.
— Et t'es sûre que c'était lui?
— Oui, oui.
— Alors raconte!
— Oh là là, aow! Il avait une zigounette, aow... Comme un tuyau de poêle!
— Aussi grosse?
— Non, aussi noire!

☆

C'est Ginette qui n'arrive pas à avoir d'enfant avec Jean-Loup, alors elle demande à une copine :

— Comment je pourrais faire, aow?
— Écoute... Il paraît qu'il y a un mec qui est super et qui fait des miracles. C'est un rebouteux, il habite en banlieue...
Elle lui donne l'adresse, et effectivement, le rebouteux habite une banlieue un peu spéciale, assez crade, quoi! Puis elle arrive devant un espèce de hangar où ça sent le pipi de chat. Ginette frappe à la porte et fait :
— Heu... Bonjour, vous êtes le docteur?
— Ouais, qu'est-ce que c'est? Qu'est-ce que vous voulez?
— Ben il paraît que, voilà, aow... Il paraît que vous avez une méthode pour être enceinte rapidement. Parce que moi, j'ai jamais pu...
— Oauis, j'suis l'inventeur d'une méthode extraordinaire. J'vais vous faire voir. Non seulement vous pouvez tomber enceinte grace à ma méthode, mais vous pouvez déterminer le sexe de votre enfant et sa ressemblance avec une personnalité. Vous allez voir!
Et là, il ouvre un placard où il y a des bocaux marqués Giscard, Jean Gabin, Elsa, Belmondo, Alain Delon, etc. Alors Ginette dit :
— On peut choisir, aow?
— Ben évidemment qu'on peut choisir!
— Parce que j'aurais bien aimé avoir un garçon, aow...
— Et comme garçon, vous en voulez un qui ressemble à Giscard?
— Ah non, non, surtout pas!
— Alors à Delon?
— A Delon? Ah non, Delon non plus...
— Ben, j'sais pas moi... Belmondo?
— Ah ouais c'est ça, Belmondo! J'adorerais avoir un petit garçon comme Belmondo, aow...
— Eh ben y'a qu'à demander! Allongez-vous, je vais vous faire une piqûre...

Le mec fait une piqûre à Ginette, elle tombe dans les pommes, et là le gars baisse son pantalon et fait :
— J'vais t'en foutre, moi, du Belmondo !

☆

C'est Maurice qui engueule son fils.
— T'es nul, lui dit-il. T'y as vu tes notes d'école ? T'es vraiment nul ! En français, c'est vraiment pas possible d'être nul comme ça ! Quand même ! La grammaire, les conjugaisons...
— Mais Papa...
— Bon, j'vais t'faire travailler moi, tu vas voir. Commençons par les conjugaisons : je me lave, tu te laves, il se lave, nous nous lavons, vous vous lavez... Et après, qu'est-ce que c'est ?
— C'est dimanche ?

☆

C'est madame Grinderchhh. Son mari est mort brutalement, alors, très ennuyée, elle appelle SOS Médecins qui lui envoie un jeune docteur africain. Madame Grinder n'est pas raciste, bien que votant Le Pen, mais elle est quand même très étonnéechhh. Le médecin regarde monsieur Grinder et fait :
— Quels sont les symptômes là, qui se sont passés pou' lui-même ?
— Je ne sais pas ce qu'il a euchhh. On regardait la Chance aux Chansons. Il s'est peut-être un peu excité et, d'un coup, il m'a fait « Couic » !
Le docteur l'examine et dit :
— Si je comp'ends bien, madame, c'est une mo't subite, là mouiiis ?

— Mais pas du toutchhh. Il est mort sur le doschhh!

☆

Ça se passe le lendemain de Noël, dans un jardin où une petite fille étrenne ses tout nouveaux patins à roulettes. Et tout à coup, il y a un vieux monsieur avec un imper, un satyre, qui s'approche d'elle et qui lui fait :
— Oh, les jolis patins! Comme ils sont beaux, ces patins, ma petite fille!
— C'est mon cadeau de Noël!
— Et comment t'as fait pour avoir des patins ?
— Ben j'ai mis mes souliers dans la cheminée, et le Père Noël il m'a donné des patins. Et toi, qu'est-ce que tu as eu ?
— Moi ? Ce que j'ai eu à Noël ? Tiens, regarde!
Il ouvre son imperméable et la petite fille s'exclame :
— Oh là là! Eh ben, c'est bien fait pour toi! T'avais qu'à pas mettre ton cul dans la cheminée!

☆

Ça se passe dans un cabaret pour touristes, un cabaret de strip-tease qui s'appelle « Au Chat qui se Gratte ». Et là, il y a une strip-teaseuse qui fait un numéro absolument extraordinaire. Tant et si bien qu'à la fin de son numéro, il y a un monsieur très bien qui vient la voir et qui lui dit :
— Écoutez, mademoiselle, je vous engage. Et si vous voulez, je triple vos appointements.
— Oh là là, mais c'est super, aow! Vous êtes patron d'une boîte ?

— Non, pas du tout, je dirige une banque du sperme.

☆

C'est François Mitterrand qui arrive en Corse et on lui dit :
— Vous savez, monsieur le président, il y a beaucoup de chômage, chez nous !
— Bon, alors il faut faire quelque chose...
Alors il réunit tous les chômeurs sur une place et il leur dit :
— Bien, le gouvernement ne peut pas tout faire, mais nous allons quand même essayer d'apporter une petite contribution : dans un instant, je vais lâcher une plume. Et fatalement elle va se poser sur la tête de quelqu'un. Eh bien celui sur la tête duquel la plume se posera, nous lui trouverons du travail ; compris ?
Alors il lâche la plume, et là, il y a les trois mille chômeurs qui font « Pfou ! Pfou ! Pfou !... »

☆

C'est Jean-Loup qui veut épouser la fille du boucher de son quartier. Alors il va le voir et lui dit :
— Bonjour, monsieur... Alors voilà, je voudrais vous demander la main de votre fille...
Et le boucher lui répond :
— Avec ou sans os ?

☆

C'est le petit Dédé et sa sœur qui regardent par le trou de la serrure dans la chambre de leurs

parents. Et ils sont un peu perplexes, parce qu'il s'y passe des choses bizarres qu'ils ne comprennent pas très bien. Là-dessus le petit Dédé dit à sa sœur :
— Putaing ils sont bizarres, les adultes ! Regarde, c'est Maman qui suce quelque chose et c'est Papa qui dit que c'est bon !

☆

Ça se passe au cinéma. Ginette se retrouve assise à côté d'un garçon charmant, et très vite ils commencent à flirter. Alors, toute excitée, Ginette lui attrape le trois-pièces-cuisine et elle fait :
— Oh là là, aow ! Qu'est-ce qu'elle est froide, aow !
Et le mec lui répond :
— Laisse tomber, c'est mon esquimau.

☆

C'est Jean-Loup qui va demander la main d'une jeune fille de la grande bourgeoisie. Il va trouver le papa qui est un monsieur très bien, très classe, et Jean-Loup lui dit :
— Bonjour monsieur... Ça me gêne, mais... Voilà, je voudrais vous demander le minou de votre fille.
— Écoutez jeune homme, il doit y avoir une confusion dans votre esprit... Je crois que j'ai mal entendu. Pouvez-vous me répéter votre demande ?
— Ben oui : je voudrais vous demander le minou de votre fille.
— Vous voulez dire que vous me demandez sa main ? !

— Non! Si c'est pour faire ça à la main, je peux me démerder tout seul!

☆

Ça se passe au tribunal et on doit juger un mec horrible qui a tué sa femme. Le président lui dit :
— Alors vous avez massacré votre femme, vous l'avez ensuite découpée en morceaux, et ceci sans un remords, sans une larme ?
— Non, non! Faut pas déconner, j'ai pleuré!
— Ah ? C'est intéressant. A quel moment ?
— Quand j'ai coupé l'oignon!

Ginette et Jean-Loup ont un accident de voiture bénin, sauf que Jean-Loup s'est coincé les bijoux de famille dans le tableau de bord. On l'emmène donc à l'hôpital, et c'est le docteur Jacquot qui va procéder à l'opération. Il l'ampute et, à la place, il lui greffe des testicules de... chimpanzé ! Il paraît que ça fonctionne pareil. La preuve, c'est que neuf mois plus tard, Ginette est enceinte, aow. Alors il y a madame Grinder qui arrive et qui fait :
— Alorschhh, elle a accouchéchhh ?
— Oui oui ! Ça y est !
— C'est quoi, un garçonchhh ou une fille ?
L'infirmière répond :
— Je ne sais pas, il a filé dans le jardin et on n'arrive pas à l'attraper !

☆

Ça se passe en Auvergne et c'est un charbonnier qui va demander la main d'une jeune fille dont le père est relativement aisé. Il arrive donc devant le papa et lui dit :
— Bonjour monchieur... Ben voilà, je viens vous voir parche que... Ma demande est délicate... Voilà, je veux épouser votre fille.

— Écoutez, je n'y vois aucun inconvénient, n'est-ce pas, mais il faudrait préciser laquelle, la brune ou la blonde ?
— Ben, je vais épouser la brune parche qu'avec mon boulot, cha chera moins chalichant pour baiser.

☆

C'est Bruno Tortellini qui reçoit un coup de téléphone au bureau :
— Allô ? Ici la clinique des Oiseaux. Ça y est, votre femme a accouché. C'est un garçon !
— Mama mia ! Mais c'est formidable ! Oune garzone ! J'ai toujours dit à ma femme que si on avait oune garzon, on l'appellerait Dino.
Cinq minutes après il arrive à la clinique et il demande à une infirmière :
— Et la pouponnière, c'est où ?
— Oh là là, aow, c'est le pavillon qui est là-bas, aoww !
Il arrive au rez-de-chaussée et voit une pancarte marquée « Enfants très beaux ». Alors il se dit :
— Ah, sûrement que mon fils est là.
Et il passe dans les couloirs en criant :
— Dino ?! Dino ?! Filio mio ! Dino ?
Mais il ne le trouve pas. Alors il monte au premier étage et voit une pancarte marquée « Enfants beaux ».
— Sûrement qu'il est là, se dit-il. « Enfants très beaux », j'ai peut-être pas été raisonnable, mais « enfants beaux » il est sûrement là.
Et il court partout en criant :
— Dinooo ! Dinooo ! Où tu es, Dino ?
Mais il ne le trouve pas là non plus. Il monte au deuxième étage, voit une pancarte marquée « Enfants moyens », et se dit :
— Bon, va bene, j'ai peut-être été un peu trop ambitieux, finalementé il doit être là !
Et il crie :

— Dino ? Dino mio ?
Mais il ne le trouve toujours pas. Au troisième étage, la pancarte indique : « Enfants laids ».
— Mama mia, pourvu qu'il ne soit pas là, hein ! Dino ? Dino !
Et Dino reste introuvable... quatrième étage, la pancarte signale les enfants « très laids ». Alors là, Tortellini se met à chuchoter :
— Dino ?...
Mais rien à faire, pas de Dino. Pas plus qu'au cinquième étage, celui des « monstres ». Reste le sixième et dernier étage...
... Et là, sur la pancarte, il y a marqué : « Dino ».

☆

C'est Ginette et Jean-Loup. Un couple moderne, aow. Un jour Jean-Loup arrive et dit :
— Ginette, ma chérie, c'est fini de te tracasser au moment de la vaisselle. Je sais que la vaisselle ça te pose des problèmes, hein ? Eh bien... c'est terminé.
— Oh mon amour, aow ! Tu m'as acheté une machine à laver la vaisselle, aow ?
— Non, je t'ai acheté une montre étanche !

☆

C'est Maurice qui se balade sur les Champs-Élysées. Tout à coup, il voit passer une superbe nana, une Américaine, et comme Maurice ne parle pas très bien anglais il lui fait :
— You are... You... Putaing, comment on dit... You make some cochonneries with me ?
— Never !
— Never, neuf heures et demie, comme vous voudrez !

☆

Ça se passe à Sainte-Julie-du-Poitou. Il y a deux beatniks qui sont là depuis vingt ans dans une ferme, mais alors deux mecs vachement graves. Il font du fromage de chèvre, des bracelets de cuivre et tout! Crades comme c'est pas permis! Un soir ils discutent et il y en a un qui dit :

— Tu sais, y'en a marre. Y'a vingt ans, on est venu ici et on croyait qu'on pouvait vivre, j' veux dire, à la limite, hors des statuts de la société. Mais la société est la plus forte, et à la limite, faut qu'on rentre dans le rang, tu vois ?

— Ouais, t'as raison. Ça m'interpelle vachement au niveau du vécu, tu vois.

Alors ils décident de « rentrer dans le rang », et le premier dit :

— Tu sais ce qu'on va faire ? On va aller chez le coiffeur, on va se faire couper les cheveux et la barbe, puis on va s'acheter un blazer, une cravate, un attaché-case et tout. Bref, on va rentrer dans le rang parce que malheureusement c'est la société qui est la plus forte et qu'on ne s'en sortira jamais autrement...

Effectivement, le lendemain, ils font ce qu'ils ont dit. Et après, ils ont le look très cadre, très sérieux. Ils s'apprêtent à prendre le train et là, il y a une mamie de Saint-Julien-du-Poitou qui passe et qui leur dit :

— Aaaah! Ben v'là les deux guignols! Ben qu'est-ce qu'il vous arrive, les jeunes ? J'ai ben failli ne pas vous reconnaître!

— Si vous voulez, nous, on a vachement arrêté de flipper. Pour nous, c'est terminé tout ça. On rentre à Paris et on va essayer de se faire embaucher dans une boîte sérieuse.

— Ah ben, on va vous regretter! Nous, on vous aimait bien! On disait toujours : « Mais, qu'est-ce qu'ils deviennent, les deux charlots là-bas ? » Mais, vous n'allez pas partir comme ça! Allez, vous allez

venir déjeuner à la maison et après, on se fera un petit chit!
— Ah non, nous, le chit, on a complètement arrêté, si tu veux... Euh... Pour nous, c'est un autre univers, j'veux dire. Le délire, c'est derrière nous maintenant.
— Mais non, mais non! Allez, faut pas être comme ça! La vie est belle! On va se faire un bon frichtich à la maison et après on se fera un petit chit!
— Bon, on veut bien aller bouffer, mais le chit pas question.
Alors ils vont manger chez la mamie et, arrivés au dessert, elle leur dit :
— Ah! On a bien mangé! Allez les gars, un petit chit ?
— Bon, d'accord, mais bon, c'est l'dernier.
Et là il y a la mémé qui leur demande en ouvrant le frigo :
— Alors, Chit Orange ou Chit Citron ?

☆

C'est Maurice qui veut faire un hold-up.
Il entre à la banque et c'est Ginette la caissière, aow. Donc Maurice s'approche de la caisse, prend un bloc-notes et écrit : « Lève tes mains, connasse, c'est un hold-up », puis il pose le papier devant Ginette. Alors Ginette prend un autre papier et lui répond : « Rajuste ta cravate, imbécile, t'es devant la caméra. »

☆

C'est le fils de Maurice qui ne veut pas faire l'armée. Ça l'emmerde. Pour commencer, il ne répond pas à la convocation. Alors un matin, il rentre chez lui et il voit deux gendarmes devant sa porte. Évidemment, il fallait s'y attendre! Ensuite, il se met à courir et les gendarmes le poursuivent. Il court, il

court et il passe par un petit bois. Le voilà devant le couvent de Sainte-Jocelyne-des-Supplices en train de sonner à la porte en criant :
— Ouvrez-moi ! Ouvrez-moi ! !
Une bonne sœur vient lui ouvrir et lui demande :
— Que se passe-t-il, mon fils ?
— J'suis poursuivi par la police ! Ils veulent m'envoyer à l'armée, putain ! J'ai pas envie ! J'ai pas envie ! Cachez-moi !
— Mais je ne sais pas où vous cacher !
— Aïe aïe aïe ! Ils arrivent ! Où j'pourrais me cacher ?
— Bon... Eh bien venez sous ma robe, mon fils, je vais vous cacher là.
Il s'accroupit donc sous la robe de la bonne sœur et les gendarmes arrivent :
— Bonjour, ma sœur, excusez-nous de vous déranger, mais vous n'auriez pas vu passer un jeune homme brun, petit...
— Non, je n'ai vu personne. J'étais en méditation, mon fils.
— Bon, excusez-nous...
Maurice est toujours dessous et s'impatiente :
— Putain, ils ne vont pas parler une heure, non ? ! Il fait une chaleur, là-dessous ! En plus, je sens un truc sur ma tête qui pèse... Mais ma parole ! On dirait une paire de... Bah bah bah ! !
Et dès que les gendarmes ont tourné les talons, il sort des jupes de la bonne sœur et s'exclame :
— Dites-moi, ma sœur, je rêve ou j'ai senti une paire de...
— Eh, moi non plus je ne voulais pas faire l'armée !

☆

C'est Maurice qui est en voiture et qui se fait arrêter par un flic qui lui dit :
— S'il vous plaît, monsieur, votre feu arrière ne marche plus !

Maurice répond :
— Ce n'est pas grave!
Il descend de la voiture et fout un coup de pied dans le feu arrière qui remarche aussitôt. Mais le flic n'en reste pas là :
— Dites-moi, le feu arrière droit ne marche pas non plus.
Ni une ni deux, Maurice fout un coup de pied dans le feu et ça remarche. Et puis, tout à coup, le flic fout un coup de pied dans le pare-brise.
— Pourquoi vous avez fait ça ? s'écrie Maurice.
— Parce que vous n'aviez pas de vignette...

☆

C'est madame Grinder qui rentre chez elle après avoir fait ses courses. Alors voilà, elle est en train de se faire à manger un petit frichtich d'anguilles quand on sonne à sa porte. Elle va ouvrir et elle voit devant elle un petit bonhomme tout rabougri, hideux, une espèce d'horrible gnome qui lui dit :
— Madame Grinder ? Gna gna gna...
— Oui, qu'est-ce que c'estchhh ?
— Vous êtes bien... gna gna gna... Marthe Éloïse Josette Grinder ?
— Exactementchhh. C'est mes prénomschhh.
— Gna gna... Vous étiez bien concierge à la Gestapo en 1943 ?
— Parfaitementchhh! Rue Lauristonchhh! Qu'est-ce que vous voulez ?
— Une question comme ça... gna gna gna. Vous n'auriez pas fait une fausse couche à la Libération ?
— Eh bien exactementchhh. A la Libération, vous savezchhh, je ne voulais pas être embêtéechhh. Comme j'avais eu une petite aventure avec un Allemand, je me suis fait avorterchhh et le foetus, je l'ai jetéchhh.

Et alors là le gnome se jette dans ses bras en criant :
— Maman !!!

☆

Ça se passe dans une usine, et c'est le directeur du personnel qui va voir le P-DG pour lui dire :
— Monsieur le président, un de nos ouvriers vient de perdre sa femme ; alors tout à l'heure, à la cantine, si vous pouviez lui dire un petit mot... Venant de vous, ça le réconforterait.
— Mais il n'y a pas de problème... Lequel est-ce ? Montrez-le-moi...
— C'est celui-là, monsieur le président.
— Très bien, j'irai lui dire un petit mot à la cantine.
Malheureusement, il arrive à la cantine et se trompe d'ouvrier. Alors il s'adresse à un mec qui, lui, s'est fait voler son vélo et il lui dit :
— Ecoutez, mon cher ami, croyez que je compatis. Vous avez perdu une fidèle compagne. Je suis de tout cœur avec vous. Ayez du courage.
Et l'autre lui répond :
— Ouais, je vous remercie... mais faut pas exagérer !
— Enfin, quand même, je sais que ça peut être difficile...
— Ah ben non... Ouais... Si vous voulez... Non, parce que, dans un sens, elle ne tenait plus debout..
— Effectivement, si elle était malade...
— Elle ne tenait plus debout et pire que ça, j'vais vous dire, quand on la gonflait par-devant, elle pétait par-derrière...
— Mais c'est épouvantable !... Je n'ai jamais entendu parler de ça !
— Mais attendez, c'est un peu ma faute !
— Pourquoi dites-vous ça ?
— Ah ben je la prêtais à tout le monde, alors...

☆

Ça se passe dans le Chicago des années 30, au moment de la prohibition, et c'est un type qui est très malheureux et qui veut se suicider. Il est au chômage, sa femme est partie avec son meilleur ami... Bref, il en a marre de la vie. Alors il rentre chez lui, il sort son revolver et se le colle sur la tempe, mais il n'a pas le courage d'appuyer sur la gâchette.
— Je n'aurai jamais le courage de faire ça moi-même. Comment je pourrais faire ?... Ah, ben tiens...
Il a lu dans le journal que la mafia a pris possession d'un cabaret, alors il se dit qu'il va y aller, qu'il va insulter Don Corléone, et à tous les coups il lui fera la peau. Effectivement, il arrive dans le cabaret, il s'approche de Don Corléone et il lui dit :
— Dites donc, c'est vous, le Parrain ?
— Oui, qu'est-ce que c'est ? Qu'est-ce qu'il y a ?
— Y'a rien du tout. Je voulais te dire que tu avais une vraie tête d'ampoule ! Une vraie tête de cul, dis donc ! !
Tous les mecs sortent leurs revolvers et les braquent vers le type mais Don Corléone leur dit :
— Non non, du calme ! Laissez faire... Il est drôle, ce petit ! Il a beaucoup d'humour... Asseyez-vous et buvez quelque chose.
— T'entends pas c'que j'dis ! ? T'as une vraie tête de con ! !
— J'avais entendu, t'inquiète pas. Bravo pour ton numéro, très amusant.
Alors le type ne sait plus quoi faire quand, tout à coup, à côté de Don Corléone, il remarque une blonde superbe. Et le voilà qui se dit :
— J'ai une idée : je vais lui piquer sa gonzesse et là, il ne va pas être content du tout.
Le voilà qui attrape donc la nana de Don Corléone, qui se la met sur les genoux et qui commence à lui toucher les cuisses. La gonzesse ne bronche pas mais lui glisse discrètement à l'oreille :

— Quand tu toucheras les couilles, ne dis rien. Je m'appelle Eliot Ness.

☆

C'est madame Grinder qui va chez l'épicier, un petit Arabe qui est ouvert tout le temps. Elle arrive et lui dit :

— Je voudrais trois boîtes de Kit et Katchhh.

— Qu'est-ce que vous avez, comme chat ?

— C'est pas pour mon chatchhh, c'est pour mon marichhh.

Alors l'épicier lui donne les trois boîtes et s'étonne :

— C'est pour ton mari ? Mais qu'est-ce que c'est que cette histoire ?

— Il mange comme les chatschhh, qu'est-ce que vous voulezchhh... Il s'est habitué !

Le lendemain, elle revient et l'épicier lui demande :

— Y va bien, vot'mari ?

— Oh là là, pas du toutchhh. Il est monté sur le toit et il s'est cassechhh la gueule en voulant se lécher le derrière !

☆

C'est David qui rencontre Maurice et qui lui demande :

— Ça va, en ce moment ?

— Putain, en ce moment, j'ai un contrôle fiscal sur le dos ! Bah bah bah, j'te dis pas !

— Et comment tu t'en sors ?

— Ça va... Ça va... J'suis philosophe, j'prends les choses comme il faut...

— Ça t'empêche pas de dormir, au moins ?

— Pas du tout ! Je dors comme un bébé ! Comme un bébé, j'te dis ! Je dors une heure, j'me réveille, je pleure, je me rendors une heure, je me réveille, je pleure...

☆

C'est madame Mesrine qui est en train d'accoucher et qui a des jumeaux. Le premier sort normalement, puis il se retourne et dit à son frère :
— Pour moi c'est foutu, mais toi, tu peux encore filer par-derrière !

☆

C'est Guytou et Jean-Xavier qui discutent.
— Dis-moi, Jean-Xavier, toi qui sais tout, je voudrais te poser une question : la langue, c'est un nerf ou un muscle ?
— Petit imbécile, c'est un muscle !
— Ouuuhh ! ! On fait un bras de fer ?

☆

C'est Ginette qui est vendeuse au BHV, aow, au rayon lingerie. Et là, il y a un monsieur qui arrive, un monsieur très bien mais qui a l'air d'avoir un problème. Alors elle lui dit :
— Bonjour monsieur, aow, vous cherchez quelque chose ?
— Bonhour mamazelle, ne vourais né meminima, na mé catafounel, des plus fercles on tif.
— Vous êtes étranger, aow ?
— Pas nu dou, c'est né netrager. Je vounrais, c'est pas compliqué nan même, sa sa fi bertel, na cé gnou !
— Oh là là, aow ! Bon, ne bougez pas, je vais voir s'il

en reste, aow... Josie ! Tu peux venir voir, aow ? Y'a un mec qui veut quelque chose et je comprends rien, aow ! !
Alors Josie arrive et dit :
— Qu'est-ce que c'est ? Qu'est-ce que tu veux ?
Et le type lui répond :
— Nais c'est ba conquipé ce que je vous demande ! Sa sa fi gnou fou ni bertel ! ! Gnon fou !
— J'comprends rien... Il est naze, ce mec ! On va voir le directeur des ventes ? Parce que là, quand même, faut faire quelque chose, hein !
Le directeur des ventes, c'est Guytou. Il est dans son petit bureau et Ginette lui fait :
— Monsieur le directeur, aow...
— Qu'est-ce qu'il y a ! ? Mais je suis débordé, moi ! Enfin quoi, j'ai toutes mes factures à faire ! Qu'est-ce que c'est ? Je ne m'occupe pas de la vente, moi !
— Ecoutez, monsieur le directeur, on est embêtées, aow. Y'a un type qui veut quelque chose mais on ne comprend pas quoi, aow !
— Mais c'est pas possible, ça ! Il faut que je fasse tout ici, moi ! Bon, j'y vais, mais je vous préviens que c'est la dernière fois !
Alors il va voir le type et il lui dit :
— Bonjour monsieur. Excusez-moi, mais j'ai deux vendeuses, là, un peu inexpérimentées. Qu'est-ce qui vous ferait plaisir ?
— Ooooh ! Faut pas dénoner ! J'vais pas ni fou qué ma né ! C'est pas comquipé ce que je veux ! Sa sa fignou bine ! Chi gnon fou ni la nounouf !
— Mais... Vous avez en-tiè-re-ment raison de demander ça ! C'est très à la mode en ce moment !... Voui voui...
Et puis il se tourne vers les deux vendeuses et ajoute à mi-voix :
— Mais qu'est-ce que je vais faire, moi ! Je suis embêté !... Oh, je vais quand même pas aller voir le PDG ? Oh, et puis si !

Et le voilà qui va voir le P-DG et qui lui explique :
— Ben voilà, on a un client... on ne comprend pas ce qu'il veut ! On dirait qu'il a un truc qui coince dans la luette et on comprend rien du tout !
— Alors je suis P-DG, j'ai repris cette affaire comme mon père et mon grand-père l'avaient reprise... Et maintenant, il faut que je m'occupe de la vente ? ! Ecoutez, j'y vais pour vous montrer ce qu'il faut faire, mais je peux vous dire que vous ne serez jamais P-DG, imbécile !
Alors le P-DG va trouver le client :
— Bonjour monsieur, qu'est-ce qu'il y a pour votre service ?
— Gna ma qué na minignafoigna ! Ah non mais nimaourf !
— Ben voilà, il fallait le dire... Fallait le dire, on va tout de suite vous servir !... Mais qu'est-ce qu'il veut ?...
Ils réfléchissent et là, il y a le directeur des ventes qui fait :
— Oh, j'ai trouvé ! Y'a Raymond, le magasinier, celui qui est en bas. Il parle un peu comme le client. Si on les mettait en présence ?...
On va donc chercher Raymond qui arrive et qui fait :
— Gna fou gna na na...
Et le client lui répond :
— Ah ben enfin !... Ba gou gna fé ma fi gnou me ?
— Ga ga bi fougnia dé bifougnoul !
— Agueu bagnou, fignami gagabiso, bifrougnoul !
Après quoi Raymond lui fait un tout petit paquet tout simple, et ils passent à la caisse. Il y en a pour dix millions et demi. Le mec paye cash et part avec son petit paquet. Alors là, tout le monde se jette sur Raymond et lui demande :
— Mais qu'est-ce qu'il voulait ce mec, hein ? ! ! Dis !
— Oh gna va hein !... Ben y voulait gnagnament chafir gnafour gnouli de faurepa four...

☆

Ça fait des mois que l'Eugène n'a plus touché la Fernande, alors la Fernande en parle à sa voisine, madame Chanouin :
— Cré vin diou ! Ça fait des mois qu'l'Eugène y m'a plus touché, dites donc ! L'soir, il est tellement crevé par les traviaux des champs qu'y m'touche pu ! Et moi, j'sais pu quoi faire !
— Ahhh ! Ben faut être érogène ! C'est parce que vous êtes pas assez érogène ! Eh oui ! Le soir, vous lui faites une bonne potée avec un bon Saint-Emilion, et vous, vous vous mettez en face avec un déshabillé transparent ! Vous allez voir ! Y va vous sauter dessus ! Y'a pas d'problème !
Du coup la Fernande, le soir, elle lui prépare une bonne potée avec du lard et des grosses patates. En plus, elle a enfilé une de ces combinaisons décolletées ! Y'a pas mieux ! L'Eugène rentre et fait :
— Tu m'as préparé que'qu'chose à becqueter ?
— Oui, j't'ai fait une bonne potée comme tu aimes, mon Eugène.
Eugène bouffe sa potée, boit son litre de pinard et va se coucher comme une masse. Alors le lendemain, la Fernande retourne voir madame Chanouin et lui fait :
— Ça a pas marché, vot'truc !
— Bah ! Alors écoutez, p't-être que vot'mari n'est point du soir mais du matin. Alors demain matin, vous ouvrez la fenêtre de la chambre et vous profitez du premier rayon du soleil : vous vous mettez bien devant, toujours en déshabillé transparent, et vous vous arrangez pour qu'le soleil y vous tombe bien sur le... la... C'qui fait qu'vot' mari, en s'réveillant, c'est l'premier truc qui verra ! Ça devrait l'inspirer...
La Fernande, le lendemain, à six heures du matin, elle ouvre la fenêtre. Y'a l'rayon d'soleil qui passe. Elle s'met bien la motte devant et elle fait :
— Eugène ! C'est l'heure !

Poulossière ouvre un œil. Y r'garde la motte à la Fernande et fait :
— Ouh!... Ooooh!
Et le voilà qui attrape son sabot et qui tape en criant :
— Oh!! Araignée du matin, chagrin!!

☆

Ça se passe à Marseille, dans une usine de pastis. Tout à coup, un ouvrier complètement affolé s'écrie :
— Oh, monsieur le contremaître! Venez vite, putaing!
— Qu'est-ce qu'y'a! Qu'est-ce qu'y'a?!
— Putaing, y'a un accident! Y'a Robert qui est tombé dans la cuve de pastis!
— Il est mort?
— Ouais, mais avant, il est sorti deux fois pour demander des olives!

☆

C'est madame Grinder qui prend le métrochhh et qui tombe sur un type qui fait la manche :
— Pitié... Pitié pour un homme qui a tout perdu dans un naufrage. Qu'a tout perdu! Son argent, sa famille...
— Encore vouschhh?! Vous exagérezchhh! La semaine dernière, c'était un incendiechhh!
— Ouais, ben l'bateau a brûlé!

☆

C'est madame Grinder qui reçoit la visite de madame Saillard. Seulement, madame Saillard est très indiscrète et elle fouille partout. Elle regarde même par le trou de la serrure dans la chambre de la bonne. Alors madame Grinder lui dit :
— Mais enfin, madame Saillardchhh ! Ça va pas, d'espionner la bonne ? Enfin, voyons ! Ça ne vous regarde pas, ce qu'elle fait !
— Surtout qu'elle ne fait pas grand-chose ! C'est vot'mari qui bouge le plus !

☆

C'est Jean-Loup qui est à l'armée depuis deux mois. Il rentre chez lui en permission, et Ginette ne se tient plus de joie :
— Oh là là, aow ! Mon troufion ! Mon conscrit ! Mon amour, aow ! Oh là là ! ça fait deux mois qu'on n'a rien fait ! Viens, viens vite !...
Alors Jean-Loup se jette sur Ginette, mais en plein milieu des ébats elle lui fait :
— Oh là là, aow ! Tu m'as manquée...
— Eh, t'avais qu'à pas bouger !

☆

C'est madame Grinder qui est très malade, alors son mari appelle le docteur Jacquot. Il l'examine et lui demande :
— Écouteeez, toussez un peu pour voir...
Madame Grinder tousse, le docteur Jacquot se tourne vers son mari et lui fait :
— Écouteeez, ça fait longtemps qu'elle râle ?
— Oh, elle râle depuis qu'on est mariés.
— Eh bien soyez courageux !

— Pourquoi ? C'est grave ?
— Non, pas du tout ! Elle va s'en sortir !

☆

C'est le père Favier qui rencontre Maurice ivre mort.
— Venez ici, mon fils ! Quelle honte ! Vous avez bu ! Ivrogne, votre haleine sent l'alcool !
— Obsédé ! Votre doigt sent le poisson !

☆

C'est madame Grinder qui est invitée à l'Élysée parce que, une fois par an, le président reçoit les clubs du troisième âge. Et là, quand ils arrivent, il y a la garde républicaine qui joue la *Marseillaise*. Alors tout le monde se lève. Et quand la *Marseillaise* est finie, tout le monde se rassied et Mitterrand commence son discours :
— Chers amis...
Juste à ce moment-là, il y a madame Grinder qui se met à crier :
— S'il vous plaît, monsieur le présidentchhh !
— Oui, je vous en prie madame ?
— Est-ce qu'on ne pourrait pas encore jouer la *Marseillaise* ?
— Très bien... Vous êtes patriote à ce point-là ?
— Pas du tout ! Seulement il y a Pierre Mauroy qui est assis sur mon chapeauchhh !

☆

C'est Maurice qui se laisse embobiner par un vendeur qui veut lui fourguer une voiture française :

— Vous verrez, c'est extraordinaire! Extraordinaire, les voitures françaises! Je ne vous parle pas du confort, des économies...
— Ouais, mais enfin, quand même... On dit que les voitures françaises... le prix...
— Non!... On vous a dit des conneries, monsieur! Vous n'avez aucun intérêt à acheter étranger! Moi, je vous garantis qu'une voiture française, c'est la sécurité à tous points de vue!
Finalement, Maurice se laisse convaincre et il repart avec la voiture. Et le lendemain, il tombe en panne. Alors il retourne au magasin et demande à voir le vendeur. Quand le type arrive, Maurice l'attrape et lui roule une de ces pelles! J'vous dis qu'ça!
— Ça va pas, non? fait le vendeur.
Et Maurice lui répond :
— Écoutez : moi, quand on me baise, j'aime bien qu'on m'embrasse!

☆

C'est madame Grinder qui rencontre madame Saillard en allant faire ses courses.
— Oh madame Saillard! Vous avez des nouvelles de madame Leclerchhh?
— Comment ça? Vous ne savez pas?
— Non, qu'est-ce qu'il y achhh?
— Elle est dans le coma!
— Ooooh! Et elle a beau temps?

C'est un vieux couple d'Indiens d'Amérique qui prend le train pour la première fois. C'est l'été, il fait très chaud et le mari, Vieux-Potage-en-Sachet, dit à sa femme, Petite-Gazelle-Qui-Court :

— Moi avoir très chaud ! Squaw aller chercher eau pour son homme !

Alors la squaw part avec un gobelet, mais quand elle revient il est toujours vide et Vieux-Potage-en-Sachet lui dit :

— Quoi toi avoir foutu ? !

— Moi pas pouvoir prendre eau !

— Pourquoi ?

— Visage pâle assis sur le puits.

☆

C'est madame Grinderchhh qui se fait renverser par un autobus qui fait la liaison Sarcelles/La-Ferté-aux-Oies. Pas de bol, elle reste coincée sous le bus. Au bout d'une demi-heure, le Samu arrive à la dégagerchhh. Heureusement, elle n'a rien de grave, alors on l'emmène dans une pharmacie et on lui sert un peu de Ricqlès sur un sucre. La pharmacienne, c'est Ginette, et elle lui fait :

— Oh là là, aow! Et vous êtes restée combien de temps sous le bus, aow?
— Oh, une demi-heurechhh!
— Vous plaignez pas, hein! Une demi-heure sous le bus et vous avez rien? Moi, j'suis restée un quart d'heure sous le chauffeur et j'suis enceinte, aow!

☆

Le Maurice, il a un de ces culots, celui-là! Par exemple, il y a la queue devant la boulangerie, et lui, pas gêné pour deux sous, il passe devant tout le monde et hop! Il rentre.
— Ooooh! Voyouchhh! Et la queuechhh? crie madame Grinder.
Et en plus il lui répond :
— La queue, elle entre! C'est les couillons qui restent dehors!

☆

C'est le fils de Maurice qui rentre de l'école avec son carnet de notes, et Maurice lui fait :
— Fais voir ton carnet, fais voir! Où il est? Donne-moi ça, va, j'm'attends au pire!
Alors le gosse lui tend son carnet :
— Putain!... Français : cinq sur vingt! Qu'est-ce que c'est ça?! Histoire... Zéro?
— Oui, papa.
— Pourquoi oui papa?
— C'est le professeur... Il m'a demandé qui a cassé le vase de Soissons. Je lui ai dit que c'était pas moi et il m'a mis zéro.
— Attends fils, faut pas mentir à ton père. C'est pas toi?
— Papa, j'te jure que c'est pas moi!

— Tu me promets ? Putain, mon fils, je vais aller le voir !
Alors il va voir le professeur et lui dit :
— Écoutez, je suis le père de Momo, et vous lui avez mis un zéro en histoire. On peut savoir pourquoi ?
— Oui. Parce que je lui ai demandé qui a cassé le vase de Soissons et vous savez ce qu'il me répond, ce petit con ? Il me répond « C'est pas moi ».
— Écoutez, je connais mon fils, il est pas menteur ! S'il dit que c'est pas lui, c'est que c'est pas lui, hein !
L'instituteur, complètement outré, va voir le directeur de l'école et lui dit :
— Monsieur le directeur, j'ai là le cas d'un parent d'élève... J'ai mis zéro à son fils parce que je lui demande qui a cassé le vase de Soissons... Déjà le gamin me répond que ce n'est pas lui, imaginez l'abruti ! Mais en plus, le père vient me voir et me dit « Mon fils n'est pas menteur ! »
Et le directeur lui répond :
— Écoutez, j'veux pas d'ennuis avec les parents d'élèves... D'abord, vous n'avez pas la preuve que c'est le fils de ce monsieur qui a cassé le vase ! C'est facile, d'accuser les gens sans preuves. Après, on a des ennuis avec la Fédération ! Faut faire confiance aux gens : si ce petit dit que ce n'est pas lui, c'est que c'est pas lui !
— Bon, écoutez monsieur le directeur, on n'est pas là pour rigoler, je vous préviens, ça va aller très loin ! Je vais aller au ministère de l'Éducation nationale !
— Allez où vous voulez mais on n'accuse pas les gens sans savoir !
Totalement écœuré, l'instituteur sollicite une entrevue avec Lionel Jospin, l'obtient et lui explique :
— Voilà, monsieur le ministre. Je suis instituteur, et il y a une affaire très urgente qui m'amène. Il n'y a que vous qui puissiez intervenir.
— Je vous en prie, je vous écoute.
— Voilà : je demande à un élève qui a cassé le vase

de Soissons, et il me répond que ce n'est pas lui. Je lui mets zéro, c'est normal, mais le père vient et me dit que son fils n'est pas menteur ! Le directeur, lui, ne veut pas d'ennuis avec les parents d'élèves, alors, je ne sais pas si vous vous rendez compte du niveau ! Où allons-nous ? !
Jospin réfléchit et fait :
— Écoutez, vous n'en parlez à personne. Je vais vous donner de l'argent pour remplacer le vase mais surtout, comme en ce moment c'est la merde, faut étouffer l'affaire !

☆

Ça se passe en Corse. Il y a deux vieillards sur un banc au bord de la route. Tout à coup, à dix mètres d'eux, ils aperçoivent un billet de cinq cents francs et il y en a un qui dit :
— Oh putaing ! Demain, il y a du vent et on est riches !

☆

Ginette, elle n'est pas très débrouillarde pour ce qui concerne la cuisine et les travaux ménagers. Un soir que Jean-Loup rentre du travail, elle lui dit :
— Alors ma poule ! On déjeune ou on baise ?
— Écoute, comme tu voudras, mais si tu veux quelque chose de chaud, je te conseille la deuxième solution !

☆

C'est le docteur Jacquot qui reçoit un coup de fil de madame Grinder :
— Allô docteurchhh ? Est-ce que vous pourriez venir tout de suite ? C'est affreuxchhh !

— Écoutez, que se passe-t-il ?
— Oh, je ne sais pas comment vous dire...
— Vous êtes où ?
— Nous sommes en Bretagne, avec madame Saillardchhh, et il nous est arrivé une chose horrible ! On voulait faire un peu de naturisme sur la plage des Cormorans et puis madame Saillard s'est endormie sur la plage, entièrement nue, je ne sais pas ce qui s'est passé mais il y a une souris qui lui est entré dans le... Oh !... dans le minouchhh.
— Bon, écoutez, est-ce qu'il y a un magasin à proximité ?
— Ben oui... Je ne sais pas...
— Eh bien allez acheter un morceau de gruyère et secouez-le devant la souris. Comme ça, elle va sortir ! Et ne bougez pas, j'arrive !
Le docteur arrive, et effectivement, il voit madame Saillard allongée les jambes écartées et madame Grinder qui est là, en train de remuer un bout de viande. Le docteur Jacquot lui fait :
— Mais enfin, ça va pas ? Je vous avais dit un morceau de gruyère !
— Oui, mais là, c'est pour faire sortir le chat !

☆

Ça se passe au Paradis. Adam vient tout juste d'être créé, mais comme il est tout seul, il s'emmerde un peu. Dieu se rend bien compte qu'il ne peut pas le laisser tout seul et qu'il lui faut une compagnie. Alors il réunit tout le conseil du Paradis et il dit :
— Eh bien voilà, ma créature s'emmerde un petit peu ! Il faudrait lui inventer, je ne sais pas moi... Une compagne...
Et là, il y a un architecte qui dit :
— Et si on inventait la femme ?

— Bon, eh bien travaillez et faites-moi une maquette.
Alors tous les architectes se penchent sur le projet, mais ça prend beaucoup beaucoup de temps parce qu'ils ne sont pas d'accord. Enfin, un jour, ils téléphonent à Dieu et lui disent :
— Allô, ici l'atelier. Ça y est, nous avons terminé la maquette et nous aimerions que vous veniez voir.
— Bon, très bien, j'arrive.
Dieu arrive et, en effet, la « maquette » de la femme est là, allongée sur l'établi. Il regarde et dit :
— Ouais... Ouais... C'est pas mal... Pas mal du tout. Ça, c'est utile ?... Ouais, c'est pas mal, mais il y a un truc... Moi, j'aurais pas fait ça !
— Vous n'auriez pas fait quoi ?
— J'aurais pas mis les chiottes aussi près de la salle des fêtes !

☆

C'est un jeune Belge de bonne famille qui est un peu niais sur le plan sexuel. Il est même totalement niais, et ses copains lui disent :
— Enfin, quand même ! A ton âge, c'est étonnant que tu ne saches rien sur les affaires du sexe !
— Ben j'ai jamais eu le temps ! J'travaille !
— Oui, bon, mais tu as quand même trente-neuf ans ! Il serait temps que tu te dégourdisses, il faudrait faire quelque chose...
Alors ses copains se cotisent et l'envoient à Paris, dans une maison spécialisée.
— Tu demanderas madame Lulu. Elle va te faire ton stage, tu verras, ça va être impeccable.
Le lendemain, le jeune Belge arrive avec son air niais chez madame Lulu et lui dit :
— Bonjour, c'est les copains qui m'envoient...
— Ah, j'vois c'que c'est ! Le jeunot qu'il va falloir déniaiser ! Bon, Arlette, tu t'occupes de m'sieur !

Alors Arlette descend chercher le mec. Arrivés dans la chambre, elle lui dit :
— Bon, qu'est-ce que tu sais faire ?
— Euh... Ben je sais faire le hibou.
— Mais non, je te demande ce que tu connais sur le plan sexe ? Soixante-neuf, tu connais ?
— Non, j'connais pas.
— Bon, je vais te montrer, on va faire ça, c'est super !
Le pauvre type se déshabille, et une fois qu'ils sont en position, v'là-t'y pas qu'Arlette émet une flatulence. Là, le Belge se rhabille et dit :
— Si ça doit être soixante-huit fois comme ça, je préfère arrêter maintenant, hein !

☆

C'est Cendrillon qui vit en banlieue avec sa bellemère qui est très méchante, madame Grinderchh, et ses filles tout aussi méchantes. Un soir, il y a un grand bal dans la cité et Cendrillon demande :
— Oh, j'pourrais y aller avec vous, aowww ?
— Non, tu n'iras paschhh. Tu as encore la vaisselle à fairechhh, mes charentaises à repriser, les carreaux à astiquerchh... Et puis tu n'as rien à te mettre, tu es un vrai souillonchhh !
La belle-maman s'en va avec ses deux filles qui sont aussi méchantes qu'elle et Cendrillon reste toute seule à faire son ménage. Enfin... le ménage..., à vrai dire, elle regarde tristement la télé. Et puis d'un coup, dans le ciel, une étoile se met à briller, et il y a la marraine qui apparaît :
— Bonjour Cendrillon ! Pourquoi t'es triste ?
— Oh là là, j'suis triste parce que je peux pas aller au bal, aow... Faut qu'j'fasse le ménage...
— Ah mais c'est rien, Cendrillon ! Tu vas voir, un coup de baguette magique et... Tiens, regarde... Paf ! En deux secondes, l'appart est complètement nickel.

— Oh, c'est super! s'exclame Ginette. Mais tu vois, le problème, c'est que j'ai rien à me mettre, aow!
— C'est pas un problème, ça! Tiens, regarde! Plouf! Et du coup, Cendrillon se retrouve avec une robe en lamé or de chez Kenzo!
— Oh là là! C'est super, aow! Mais au bal, je vais pas y aller à pied, aow? C'est loin, aow!
— Ah mais c'est pas grave! Pflouf!
Et hop, voilà qu'une voiture décapotable de couleur rouge apparaît devant chez elle. Cendrillon est toute contente :
— Oh là là merci, marraine, j'vais pouvoir aller au bal, aow!
— Oui, mais attention, tu rentres avant minuit! Parce que sinon, c'est la malédiction du Tourlourou. Si t'es pas rentrée au douzième coup de minuit...
— Mais qu'est-ce qui va m'arriver, aow?
— Une chose horrible! Ton sexe va se transformer en melon!
— Comment ça, aow?
— Eh oui, c'est ça la malédiction du Tourlourou! A la place du sexe, t'auras un énorme melon!
— Oh là là! Oh bah j'vais rentrer avant minuit, hein?
Et Cendrillon va au bal. Elle danse et tout, elle fait la connaissance du prince... Oh là là! Le prince, il est super! D'ailleurs il l'emmène dans un petit appartement pour discuter avec elle et c'est le coup de foudre! Vers minuit moins le quart, le prince a une petite faim et on lui apporte quelques tranches de melon. Il se jette dessus. Apparemment, il adore ça! Tout à coup, il se tourne vers Cendrillon et il lui fait :
— Ah, au fait, tu dois rentrer à quelle heure?
— Of... J'ai toute la nuit devant moi...

☆

C'est madame Grinder qui a fait un héritagechhh. Figurez-vous que madame Guindé est morte et, comme elle n'avait plus de famille, elle a rédigé son testament en faveur de madame Grinder. Elle lui lègue une petite épicerie à Sainte-Ambroisie-les-Lesbiennes. Une petite épicerie de village qui fait tout, journaux, tabac... Donc, madame Grinder devient épicière.
Un jour, il y a un Vietnamien qui entre dans l'épicerie et qui lui dit :
— Bonjour madame, je voudrais dix boîtes pour chat.
— Oui, je vois le genre... Vous êtes restaurateurchhh et vous voulez donner des boîtes pour chat à vos clientschhh ? Je ne serai pas complice d'une telle escroquerie ! Si vous voulez des boîtes pour chat, amenez-moi votre chat, je veux des preuves !
Alors le Vietnamien revient avec son chat, un chat siamois bien sûr, et madame Grinder lui dit :
— Bon, ben très bien, voilà les boîtes.
— Merci madame. Et puis je voudrais du Pal pour mon chien !
— Amenez-moi le chien ! Sinon, vous n'aurez rienchhh ! Alors il revient avec son chihuahua et madame Grinder fait :
— Bon bon bon ! Très bien !
Une semaine après, le Vietnamien entre dans la boutique, pose un journal sur le comptoir et le déplie... Horreur ! Dedans, il y a une énooorme merde ! Alors, madame Grinder s'écrie :
— Mais quoi ? ! Mais qu'est-ce que c'estchhh ?
— Vous me croyez jamais, alors comme j'ai besoin de rouleaux de papier hygiénique...

☆

C'est un jeune homme un peu timide qui aborde Ginette dans la rue et qui lui fait :
— Euh... Euh, pa-pardon, mademoiselle... Mais... Euh... Est-ce que vous pourriez pas...
— Ça va, j'ai compris, aow. De toute façon, j'adore les mecs qui sont directs. Allez, venez, on va chez moi, aow !
Finalement elle saute sur le jeune homme, et à la fin le pauvre mec lui dit :
— Ben écoutez, c'est sympa, mais enfin... Moi, au départ, ce n'était pas tellement ça que je voulais. Je voulais vous demander un ticket de métro !
— Ça va pas, aow ? On s'connaît pas, aow !

☆

C'est un petit Africain qui va à l'école pour lui-même. Et le jour de la rentrée, comme il arrive en classe avec un nourrisson sous le bras, le professeur lui dit :
— Ah ? C'est ton petit frère ?
— Non, non, c'est mon quatre heures !

☆

C'est Ginette qui flippe parce qu'elle n'a pas pu entrer à Roland-Garros, aow. Alors, elle est restée dehors. Là-dessus, elle rencontre Bruno Tortellini. Lui, ma qué, y s'en fout de Roland-Garros, il y va pour draguer, ma qué, tou rigoles non ? Alors, le Brouno, il baratine la Dginette et il arrive à l'emmener chez loui.
— Tu vas voir, lui fait Ginette, tu vas pas être déçu parce que moi, aow, j'fais l'amour à la cérébrale, aow !

— Ma qué... Qu'est-ce ça veut dire, ça? C'est encore oune truc qu'elle va me gonfler non? Elle a tout lu, alors... Marguerite et les Sept Oursenars...
— Ouais ouais, j'fais l'amour à la cérébrale, aow. Ça j'suis sûre qu'on te l'a jamais fait, aow...
— Ben non, on m'a jamais fait. Et qu'est-ce c'est, l'amour à la cérébrale?
Alors là, Ginette enlève son œil de verre et lui dit :
— Vas-y, bourre-moi le crâne, aow!

☆

C'est Maurice qui s'est saigné aux quatre veines pour payer des études à son fils :
— Surtout, si tu veux réussir dans le commerce, il faut bien parler anglais, mon fils.
Alors il l'envoie à Oxford, à l'université. Puis arrivent les grandes vacances, et Maurice veut aller voir son fils à Oxford pour savoir comment il se débrouille.
— Hello Sir, I want to see my son!
— What do you say?
— I want to see my son! Putain mon fils, bah!
— Oh yes, yes! Venez, venez, le doyen va vous recevoir.
Il est donc reçu par le doyen d'Oxford, un monsieur très important. Maurice entre dans le bureau et lui demande :
— Alors, mon fils, comment il va? Comment il va? L'anglais, ça va? Il apprend bien?
— Bah bah bah! Les progrès qu'il a fait, purée d'nous zautres!

☆

C'est un paysan russe qui rentre chez lui avec un poisson, et il dit à sa femme :

— Voilà pour midi, femme, faire cuire poisson!
— Je ne peux pas, il n'y a pas d'huile!
— Ah bon, alors tu fais cuire au beurre.
— Tu sais très bien, chéri, que nous n'avons pas de beurre!
— Ben je ne sais pas, moi, fais-le griller au charbon de bois!
— On n'a pas non plus de charbon de bois!
Alors le type en a marre. Il prend le poisson et le rejette dans la rivière. Là, le poisson ressort et fait :
— Vive Gorbatchev!

☆

C'est Eugène Poulossière qui va voir Robert Jacquot, le frère du docteur Jacquot :
— Vin diou, docteur, ça va point du tout. J'crois qu'j'ai la colique, crébongu...
— Écoutez, vous vous en êtes aperçu quand?
— C'matin, quand j'ai retiré mes pinces à vélo!

☆

C'est Ginette, aow. Alors, si vous voulez, elle a trouvé un petit boulot à mi-temps : elle fait désormais partie du corps volontaire des pompiers féminins. Elle a suivi des stages pour apprendre tous les codes, parce que les pompiers, c'est un peu comme les hommes-grenouilles. Par exemple, ils se servent d'un sifflet. Un coup de sifflet, ça veux dire : « Descendez du car! » Deux coups de sifflet, ça veut dire : « Remontez dans le car! » Et le soir, rentrée chez elle, elle fait l'amour à Jean-Loup, aow, mais elle n'a pas l'air très contente. Alors, au bout d'un moment; elle siffle et Jean-Loup lui demande :

— Mais qu'est-ce ça veut dire, ce coup de sifflet, ta-ta, là, ta!
— Chez les pompiers, ça veut dire : « Allonge le tuyau! »

☆

Ça se passe sur les Champs-Élysées et il y a un carambolage. Trois bagnoles se sont rentrées dedans. La première voiture, c'est une Bentley, et c'est Eddie Barclay qui conduit. Il n'est pas content, mais pas content du tout :
— Ben merde alors, ah ben c'est embêtant ça, ça représente quand même quinze jours de travail, une voiture comme ça! Faut pas déconner!
Derrière, il y a Bernard Tapie avec sa Rolls. Il a tout l'avant de sa voiture qui est défoncé, et il a l'air drôlement fâché :
— Ooooh merde! Ça m'arrange pas, ça! Merde, quoi! Une Rolls, faut faire gaffe quand même, quoi! Ça représente un mois de boulot, une bagnole comme ça!
La troisième bagnole, c'est une R5 et elle appartient à Maurice. Lui, il est drôlement en colère :
— Putain! Ma voiture elle est niquée! Elle est niquée, ma voiture!!! Ça représente UN an de travail!
Et Eddie Barclay lui dit :
— Mais il faut être fou, pour acheter une voiture aussi chère!

☆

C'est un monsieur qui se promène dans la rue et qui passe devant un cinéma. Et qu'est-ce qu'il voit sortir? Un Sénégalais avec un doigt blanc. Juste un index blanc, c'est quand même assez rare! Alors le monsieur lui fait :

— Excusez-moi, mais c'est étonnant. Je n'ai jamais vu ça... Un Sénégalais avec un doigt blanc!
— Je ne suis pas sénégalais : je suis charbonnier et j'étais au cinéma avec ma fiancée.

☆

C'est Maurice qui va voir le docteur Jacquot.
— Putain, ça va pas, docteur, je ne sais pas ce que j'ai, le stress, la vie moderne... mais j'ai des brûlures d'estomac!
— Écouteeeez, je vais vous faire des rayons X.
Alors, le docteur le passe aux rayons et lui dit : Écouteeez, c'est étonnant! Il y a une montre-bracelet dans votre estomac.
— Ouais, ça remonte à quand j'étais petit. Je l'ai avalée quand j'avais dix ans.
— Ça alors! Et ça vous fait mal?
— Ouais, surtout quand je la remonte!

☆

C'est un accident de la circulation, et c'est un gendarme sénégalais qui fait le constat pour lui-même. Alors il arrive avec son carnet et il note sur ce dernier :
— Je constate pour moi-même, ceci présentement, que le corps de l'intéressé est sur la route. Les bras de l'intéressé gisent également sur la route. Les jambes de l'intéressé se trouvent également sur la route pour lui-même, et sa tête est sur le trottu... Merde! Non, c'est pas ça. Sur le trottin... Aaaah!!! Sur le tro...
Et là il fout un coup de pied dans la tête et il écrit :
— Sur la route.

☆

Vous savez quelle différence il y a entre une HLM et un escargot ? Eh bien, dans l'escargot, il y a moins de beurs.

☆

C'est Ginette qui a un petit garçon de cinq ans qui s'appelle Guy-Guy :
— Maman ! Maman, comment je suis venu au monde ? lui demande un jour Guy-Guy.
Ginette, elle est d'avis de dire la vérité aux enfants. Faut pas les prendre pour des cons quand même, aow. Alors elle baisse son pantalon, elle enlève sa culotte et lui dit :
— Ben c'est très simple, aow. Voilà, mon chéri, t'es sorti par ce petit trou, aow. Faut que tu le saches...
Et là il y a Guy-Guy qui s'exclame :
— Putaing, tu parles d'une chance ! Deux centimètres plus haut et je ressemblais à une grosse merde !

☆

C'est un fakir qui entre dans une pharmacie et qui demande :
— Bonjour ma p'tite dame, je voudrais toutes les lames de rasoir que vous avez.
— Toutes les lames de rasoir, aow ? Quelle marque, aow ?
— Aucune importance, c'est pour chiquer !

☆

C'est Maurice qui a des doutes sur la fidélité de sa femme. Alors, comme il ne sait pas quoi faire, il va

voir une cartomancienne, la sœur de madame Grinder, Hortense Ursule Grinder.
— Vous pouvez me dire des trucs en ce qui concerne ma femme ?
— Attendezchhh...
Et la voilà qui regarde dans sa tasse de verveine. Elle est très forte, parce qu'elle lit dans le sachet. Tout à coup, Hortense Ursule lui dit :
— Je la vois ! C'est bien une petite brune avec des boucles d'oreilles vertes en plastique ?
— Oui c'est elle ! C'est elle !
— Je la vois. Elle marche dans la rue... Elle rejoint un monsieur qui l'attend devant une station de bus... Ils vont ensemble à Roland-Garros... Ils sont assis entre Sardou et Belmondo... Maintenant, Roland-Garros est finichhh... Ils descendent dans la ruechhh... Ooooh ! Ils s'arrêtent devant un hôtel ! Ils payent à la réception, ils grimpent des escaliers... Ils entrent dans la chambre... Ils ferment la porte de la chambre à cléchhh... Et là, j' vois plus rien.
— Putain, y'aura toujours le doute !

Cet ouvrage a été réalisé par la
SOCIÉTÉ NOUVELLE FIRMIN-DIDOT
Mesnil-sur-l'Estrée
pour le compte des Éditions Michel Lafon

Direction littéraire : Huguette MAURE
Direction artistique : Pascal VANDEPUTTE
Attachée de presse : Geneviève SALAMA
Photo de couverture : François GAILLARD

Martial COURTOIS a réalisé le montage sonore
qui a servi de base à l'écriture de cet ouvrage.

Imprimé en France
Dépôt légal : novembre 1991
N° d'édition : 7883 - N° d'impression : 20555
ISBN : 2-908-65209-9
50-10-1008-13